Fiódor Dostoievski

El jugador

Introducción y edición: Enzo Maqueira

Ilustración de tapa:
Fernando Martínez Ruppel.

EL JUGADOR
es editado por
EDICIONES LEA S.A.
Av. Dorrego 330 C1414CJQ
Ciudad de Buenos Aires, Argentina.
E-mail: info@edicioneslea.com
Web: www.edicioneslea.com

ISBN 978-987-718-562-1

Primera edición. Impreso en Argentina.
Septiembre de 2018. Arcángel Maggio - División Libros..

Dostoievski, Fiódor Mijáilovich
 El Jugador / Fiódor Mijáilovich Dostoievski ; adaptado por Adrián Rimondino. - 1a
ed revisada. - Ciudad Autónoma de Buenos Aires : Ediciones Lea, 2018.
 192 p. ; 23 x 15 cm. - (Filo y contrafilo ; 51)

 ISBN 978-987-718-562-1

 1. Literatura. 2. Literatura Clásica Rusa. I. Adrián Rimondino, , adap. II. Título.
CDD 891.73

Introducción

El 11 de noviembre de 1821, en la fría Moscú, María Fiodorovna Nechayev dio a luz al segundo de sus seis hijos. Fiodor resultó ser tímido, retraído y huraño. La vida familiar no ayudaba: su padre era médico en un hospital de bajos recursos y el dinero no siempre alcanzaba para cubrir los alimentos de cada día. En cambio, abundaban las discusiones, los problemas y la desesperanza. También la severidad. Ante este panorama, Fiodor prefería recorrer la finca familiar y conversar con los campesinos antes que estar en su casa; y, cuando no podía salir, se refugiaba en la lectura. Había encontrado una forma de vivir, incluso con las carencias a cuestas. Sin embargo, a sus diecisiete años sufrió la pérdida de su madre, que murió en un incendio en la finca. De un golpe, Fiodor perdió a su madre y al lugar que le brindaba algo de sosiego.

Viajó a San Petersburgo, obligado por su padre, para estudiar en una academia de ingeniería dirigida por un general del ejército. Consolaba el dolor de la soledad y el régimen castrense con lecturas de Gogol, Goethe, Shakespeare, Víctor Hugo y Pushkin. Más tarde buscó suavizar el impacto profundo que le produjo saber que su padre, que había pasado sus últimos años atrapado en el alcoholismo, había sido asesinado por un grupo de campesinos, los mismos con los cuales Fiodor conversaba en sus paseos por la finca. El hombre avaro que se ofrece en sacrificio marca el nacimiento de una idea que luego dejaría plasmada en *Crimen y castigo* (1866). Pero también constituye la piedra fundamental de una enfermedad que lo perseguiría toda la vida: el primer ataque de epilepsia.

Escribir se transformó en una forma de escapar "hacia adentro", allí donde lo aguardaba un universo igualmente tormentoso que el exterior, pero donde las fuerzas creadoras libraban una batalla que lo mantenía vivo. Tenía veinticinco años cuando terminó de escribir *Pobres gentes*. El crítico Bielinski −famoso en su tiempo− recibió con agrado la novela. Sin mayores preámbulos, Dostoievski pasó a representar el rol de líder espiritual y estético del realismo social soviético. Pero la caída desde esa abrupta cima fue estrepitosa: Bielinsky negó el valor literario de la obra y Fiodor se encerró en un círculo de jóvenes que conspiraba contra el zar Nicolás I. Poco duró ese nihilismo de catacumbas. El grupo fue descubierto y detenido, los jóvenes torturados y sentenciados a muerte. Frente al pelotón de fusilamiento, minutos antes de la hora señalada, el perdón divino del zar salvó la vida de los conspiradores.

Asesinos, vagabundos, ladrones de medio pelo y el látigo de los carceleros acompañaron sus siguientes años en prisión. De estos personajes profundamente humanos, hasta el punto de la negación de esa humanidad, surgiría su literatura. Pero la cárcel también agudizó sus ataques de epilepsia, lo llenó de pestes y casi lo llevó a la muerte. Una vez más logró esquivar la oscuridad. El 15 de febrero de 1854 recuperó la libertad, a condición de permanecer desterrado en Siberia. Fue allí donde conoció a María Dimitrievna, una joven de origen galo casada con un hombre fracasado, postrado por el alcohol y otros demonios. La relación platónica inicial se gestó detrás de ese lecho de agonía. Tras la muerte de su marido, María eligió el amor de Fiodor. La misma noche de bodas, el escritor tuvo uno de sus ataques de epilepsia y su flamante esposa se vio invadida por una repentina desilusión. No era su único mal. Los pulmones de María también agonizaban y pronto la llevarían a la muerte.

La enfermedad, el presidio y el destierro en Siberia le habían hecho conocer el dolor. Escribe *Memorias de la casa de los muertos*, publicado en capítulos en una revista literaria fundada por su hermano mayor. Empieza a vislumbrarse una unidad en su obra: el énfasis en el espíritu humano, su forma de retratar los usos y costumbres de la decadencia, sus preguntas sobre el bien y el mal, el sufrimiento constante.

Luchando contra las convulsiones, arrastrándose a veces por el suelo para llegar a la mesa y tomar la pluma, escribe *Pobres gentes* (1846) y *El doble* (1846), donde construye pequeñas tragedias hechas de sangre de hermanos que exudan su propio dolor, que repiten la muerte para enaltecer la vida. Como él, sus personajes expían sus pecados a través del sufrimiento.

Parte de su peor época quedó plasmada en *Memorias del subsuelo* (1864), considerada una de las obras clave en la literatura rusa pese al rechazo con el que la recibieron los críticos de su tiempo. Se trata de una novela corta dividida en dos partes: un monólogo interior del protagonista, funcionario frustrado y antihéroe; y el relato de una serie de vicisitudes en la juventud, sobre todo aquellas en donde los padres, el contexto o las mujeres se vuelven victimarios de la sensibilidad del narrador.

Con su reputación como escritor y su fama en ascenso, publica por entregas *Crimen y castigo* (1866), una de sus novelas más notables y un clásico de la literatura universal. En ella narra la historia de un joven que debe interrumpir sus estudios por falta de dinero. Se presentará la oportunidad de robar y matar para obtener dinero. Dostoievski llevará a su protagonista por un camino peligroso que se volverá contra sí mismo.

Cuando la bella Polina se cruzó en su camino, ya era un escritor maduro, de cuarenta años y una fama que abarcaba todo Rusia. Ella tenía sólo dieciséis años y un aire angelical que no tardó en seducirlo. Comenzó entonces una doble vida a costa de hipotecar su talento. El objetivo: comprar regalos para Polina y viajar con ella a París. Dostoievski se veía obligado a escribir sin pausa para cancelar las deudas con los editores y poder viajar al encuentro de su amada. Pero antes de llegar a Francia, el destino lo puso delante de un casino. Allí conoció a la ruleta, y nunca más podría despegarse de ella. Apostando sin pensarlo, preso una vez más, Fiodor se convertía en otra persona. De esa experiencia tortuosa saldría *El jugador* (1866), recorriendo la forma en que el escritor se libera, apostando, de las tiranías del amor y del trabajo. La novela fue escrita en dos meses, plazo que un editor le había impuesto para saldar sus deudas. Se trata de una verdadera obra maestra,

Esa primera vez la suerte estuvo de su lado. Pero Polina le tenía guardada una sorpresa: otro hombre la pretendía. Sin dudarlo, en medio de un ataque de nervios y locura adolescente, Dostoievski subió a la joven a su carruaje y la sacó de Francia. El destino final era Italia. Pero repentinamente, Fiodor dio la orden de virar hacia Baden, tras la ruleta. Esta vez la suerte estaba echada de antemano. La pareja perdió hasta el último centavo y debió recurrir a la ayuda de amigos para sobrevivir. Mientras tanto, Polina descubría que el respetado escritor no era más que un hombre enfermo, que ella era sólo una excusa en ese mundo al que nunca podría ingresar del todo y del cual decidió evadirse por propia voluntad.

De vuelta en Rusia y en soledad, Fiodor ocupa sus días dictando artículos, cuentos y novelas a su nueva taquígrafa. Esta nueva mujer en su vida se llama Anna, tiene veinte años y se enamora secretamente del escritor viéndolo escribir en el aire, modulando las palabras con el sonido de su voz. Recién cuando la labor está concluida, él puede mirarla a los ojos. Es cuando descubre que nuevamente está enamorado. "La diferencia de edades es tremenda —le escribe a Polina a modo de despedida definitiva—, pero cada vez estoy más persuadido de que será feliz. Tiene corazón y sabe amar. Es decir, todo lo que a ti, Polina, te falta".

Con Anna entra en la madurez de su vida y su obra. Protegido por un amor pleno y satisfactorio, escribe *El idiota* (1869) y *Los hermanos Karamazov* (1880), consideradas dos de sus obras cumbres. La pareja tiene un primer hijo, que muere a los tres meses de nacer. Un tiempo después nace un nuevo bebé.

Pero el final ya estaba cerca. En julio de 1880, un Dostoievski enfermo pero lleno de vigor, fue invitado por las autoridades de Moscú para pronunciar una conferencia en honor a Pushkin. Subido al púlpito, encaramado frente a una multitud que lo vitoreaba, habló desde lo más profundo de su corazón y obtuvo el aplauso de todos.

Volvió a San Petersburgo lleno del amor de su gente. Tomó a Anna en sus brazos, la besó, le dijo que, más que nunca, debía seguir escribiendo. Pero una tarde de febrero de 1881, fiel a una costumbre rusa, abrió su Biblia y buscó con el dedo un versículo al azar. Los ojos se posaron sobre unas líneas del evangelio según San Mateo: "Yo necesito ser bautizado por ti". Dostoievski comprendió que el bautismo era la purificación. Tenía cincuenta y nueve años. Resignado, le dijo a Anna que iba a morir. Esa misma noche tuvo un ataque de epilepsia y una hemorragia pulmonar. Una multitud se acercó para despedirlo. Millones de seres humanos lo leen desde hace más de un siglo.

Enzo Maqueira

El jugador

El jugador

Capítulo I

Por fin regresé, después de quince días de ausencia. Hace ya tres que nuestra gente se encuentra en Roulettenburg. Pensaba que me iban a estar esperando, pero me equivoqué. El general parecía muy despreocupado, se dirigió a mí con altanería y me ordenó que viera a su hermana. Evidentemente habían conseguido dinero en alguna parte. Hasta tuve la impresión de que al general le provocaba cierta vergüenza mirarme a los ojos. Marya Filippovna estaba muy ocupada y apenas me habló por encima del hombro, pero agarró el dinero, lo contó y escuchó mi informe completo. Esperaban que vinieran a comer Mezentzov, el francesito y no sé qué inglés. Como siempre, apenas tenían dinero invitaban a comer, como es típico en Moscú. Al verme, Polina Aleksandrovna me preguntó por qué me demoré tanto; sin esperar respuesta, se fue quién sabe a dónde. Es claro que lo hizo a propósito.

Es preciso que me explique. Hay mucho para contar. Me fue asignada una habitación insuficiente en el cuarto piso del hotel. Saben que formo parte del séquito del general. Todo parece indicar que descubrieron la forma de darse a conocer. Aquí creen que el general es un magnate ruso. Antes de la comida me ordenó, entre otros encargos, que cambiara dos billetes de mil francos. Lo hice en la caja del hotel. Ahora, por lo menos durante ocho días, pensarán que realmente somos millonarios. Mi intención era llevar a pasear a Misha y Nadya, pero desde la escalera me avisaron que fuera a ver al general, que ya sabía a qué sitio pensaba ir. Es claro que este hombre no puede mirarme directo a los ojos. Él preferiría hacerlo, pero le contesto mirándolo de forma tan sostenida, es decir, con tal falta de respeto, que parece aturdirse. Con un tono de voz elevado, tropezándose con las frases y complicándose al hablar, me dio a entender que llevara a los niños de paseo al parque, más allá del Casino, hasta que perdió la calma por completo y agregó, irónico: "Porque bien pudiera suceder que usted los llevara al Casino, a la ruleta. Perdone —siguió—, pero estoy al tanto de su problema y quizás se sienta tentado de jugar. En todo caso, aunque no soy su mentor ni tengo deseos de serlo, cuento con el derecho, por decirlo de alguna manera, de esperar que no me comprometa…".

—Pero no tengo dinero —respondí con calma—. No puedo perder si no tengo nada para apostar.

—Lo tendrá en breve —respondió el general y se ruborizó durante algunos segundos. Luego buscó en su escritorio, consultó un cuaderno y resultó que me correspondían unos ciento veinte rublos.

—Al liquidar —agregó—, debemos convertir los rublos en táleros. Aquí tiene cien táleros en números redondos. Lo que falta será recordado.

Sin decir una sola palabra, tomé el dinero.

—Por favor, no se enoje por lo que acabo de decirle… ¡Usted es tan susceptible! Si le hice ese comentario fue para prevenirlo, de alguna manera; algo para lo que, creo, tengo algún derecho…

Cuando regresaba a casa con los niños, antes de la hora de comer, pasó una comitiva a caballo. Nuestra gente iba de visita a unas ruinas. ¡Dos carruajes imponentes y unos animales magníficos! *Mademoiselle* Blanche estaba en uno de los carruajes, con Marya Filippovna y Polina; el francesito, el inglés y nuestro general montaban a caballo. Los peatones se detenían para mirar. Todo era muy vistoso, sólo que a expensas del general. Hice el cálculo y con los cuatro mil francos que yo había traído y con los que ellos, por lo visto, habían conseguido reunir, tenían ahora siete u ocho mil, una cantidad demasiado exigua para *mademoiselle* Blanche. *Mademoiselle* Blanche, quien estaba acompañada por su madre, también se alojaba en el hotel. Por aquí anda todavía nuestro francesito. Los siervos lo llaman *monsieur conde* y a *mademoiselle* Blanche le dicen *madame la condesa*. Es posible que de verdad sean conde y condesa.

Yo sabía bien que *monsieur* no me reconocería cuando nos encontráramos a la mesa. Al general, por supuesto, no se le ocurriría presentarnos o, por lo menos, presentarme a mí, puesto que *monsieur* el conde ha estado en Rusia y sabe lo poco que vale lo que ellos llaman un *outchitel*, esto es, un tutor. Sin embargo, me conoce muy bien. Confieso que me presenté en la comida sin haber sido invitado; el general, por lo visto, se olvidó de dar instrucciones, porque de otro modo con seguridad me hubiera mandado a comer a la mesa redonda. De modo que cuando llegué, el general me miró con extrañeza. La buena de Marya Filippovna me señaló un lugar en la mesa, pero el encuentro con míster Astley salvó la situación y terminé formando parte del grupo, o al menos eso parecía. Tropecé por primera vez con este inglés excéntrico en Prusia, en un vagón en que estábamos sentados uno frente a otro, cuando yo iba al alcance de nuestra gente. Más tarde volví a encontrarlo cuando viajaba por Francia; y por último en Suiza, dos veces, en quince días; y casualmente me topé con él de nuevo en Roulettenburg. Jamás he conocido a un hombre más tímido, hasta niveles insospechados; es claro que él lo sabe, porque no tiene un pelo de tonto. Pero es hombre muy agradable y flemático. Le saqué conversación cuando nos encontramos por primera vez en Prusia. Me dijo que había estado ese verano en el Cabo Norte y que tenía gran deseo de asistir a la feria de Nizhni Novgorod. No sé cómo conoció al general. Tengo la sensación de que está locamente enamorado de Polina. Cuando ella entró, se puso colorado como un atardecer. Pareció alegrarse cuando me senté junto a él a la mesa. Creo que me considera un amigo entrañable.

A la mesa, el francesito estaba más gallito que de costumbre. Se mostraba desenvuelto y autoritario con todos. Recuerdo que ya en Moscú solía darse aires. Habló hasta el cansancio sobre finanzas y sobre política rusa. De vez en cuando, el general se atrevía a objetar algo, pero de modo discreto, para no perder su autoridad. Mi humor era extraño y, por supuesto, antes de que termináramos la comida me hice la pregunta usual y eterna: "¿Por qué pierdo el tiempo con este general y no lo he abandonado?". De cuando en cuando lanzaba una mirada a Polina Aleksandrovna, quien ni se daba cuenta de mi presencia. Ello hizo que yo me desbocara y olvidara toda cortesía. La cosa empezó con que, sin motivo aparente, me entrometí sin reparos en la conversación ajena. Lo que más deseaba era discutir con el francesito. Me volví hacia el general y, en voz alta y precisa, interrumpiéndolo, dije que ese verano les era absolutamente imposible a los rusos sentarse a comer a una mesa redonda de hotel. El general me miró con asombro.

—Si uno tiene amor propio —continué— no puede evitar los altercados y tiene que aguantar las ofensas más groseras. En París, en el Rin, incluso en Suiza, se sientan a la mesa redonda tantos polaquillos y sus simpatizantes franceses que un ruso no encuentra la forma de intervenir en la conversación. Dije esto en francés.

El general me miró perplejo, sin saber si debía mostrarse ofendido o sólo maravillado por mi desplante.

—Se nota que alguien le dio una lección —dijo el francesito, con descuido y desdén.

—En París, para empezar, me insulté con un polaco —respondí— y después con un oficial francés que se puso de parte del polaco. Pero luego algunos de los franceses se pusieron a su vez de parte mía, sobre todo cuando les conté cómo casi escupí en el café de un *monsignore*.

—¿Escupir? —preguntó el general con una perplejidad altanera y mirando a su alrededor. El francesito me observó con mirada incrédula.

—Tal cual como suena —contesté—. Como durante un par de días creí que tendría que hacer una rápida visita a Roma por causa de nuestro negocio, fui a la oficina de la legación del Padre Santo en París para que visaran el pasaporte. Allí me salió al encuentro un cura petiso, de unos cincuenta años, parco y con cara de pocos amigos. Me escuchó con cortesía, pero con cierta amargura, y me dijo que debía esperar. Aunque estaba apurado, por supuesto que me senté a esperar; saqué *L'Opinion Nationale* y leí una horrible catarata de insultos contra Rusia. Mientras tanto oí que alguien en la habitación vecina iba a ver a *Monsignore* y vi al clérigo hacerle una reverencia. Le repetí la petición anterior y, con aire aún más amargo, me dijo otra vez que esperara. Poco después entró otro desconocido, en visita de negocios; un austríaco, por lo visto, que también fue atendido y conducido al piso de arriba. Yo ya no pude contener mi enojo: me levanté, me acerqué al clérigo y le dije con mal tono que, puesto que *Monsignore* recibía, bien podía atenderme también a mí. Al oírme, el clérigo dio un paso atrás, estremecido por una emoción poco frecuente. Es simple: no podía comprender que un ruso de medio pelo, un nadie, tuviera la osadía de igualarse a los invitados de *Monsignore*. Con un tono arrogante, como si disfrutara insultándome, me miró de arriba a abajo y gritó: "¿Usted cree que *Monsignore* va a dejar de tomar su café para atenderlo?". Yo también grité, aun más fuerte que él: "¡Será mejor que sepa que escupo en el café de su *Monsignore*! ¡Si ahora mismo no arregla usted el asunto de mi pasaporte, yo mismo iré a buscarlo!". "¡Qué dice! ¿Ahora que está el cardenal con él?", exclamó el clérigo, apartándose de mí con horror, y luego se abalanzó contra la puerta y puso los brazos en cruz, como dando a entender que moriría antes de dejarme pasar. Entonces le contesté que yo era un hereje y un bárbaro, que *je suis hérétique et barbare*, y que a mí me importan un comino todos esos arzobispos, cardenales, monseñores, etc.; en fin, mostré que no pensaba irme. El clérigo me miró con un odio infinito, me arrancó el pasaporte de las manos y lo llevó al piso de arriba. Un minuto después estaba visado.

—Aquí está. ¿Me haría el favor de examinarlo? —saqué el pasaporte y mostré el visado romano.

—Usted, sin embargo... —empezó a decir el general.

—Se salvó por declararse bárbaro y hereje —comentó el francesito, sonriendo irónicamente—. *Cela n'était pas si bête.*

—¿Pero es posible que se mire así a nuestros compatriotas? Se quedan mudos, sin atreverse a decir nada y evidentemente dispuestos a negar que son rusos. A mí, por lo menos, en mi hotel de París me trataron mucho mejor cuando les conté mi pelea con el cura. Un caballero polaco, de contextura grande, mi enemigo más decidido a la mesa redonda, pasó a un segundo plano. Hasta los franceses se entusiasmaron cuando dije que dos años antes había visto cómo un soldado francés disparaba contra un ser humano en 1812, sólo para descargar su fusil. Ese ser humano era entonces un niño de diez años cuya familia no había logrado escapar de Moscú.

—¡Imposible! —exclamó el francesito—. ¡Un soldado francés jamás dispararía contra un niño!

–Y, sin embargo, así fue –dije–. Esto me lo contó un respetable capitán de reserva y yo mismo vi en su mejilla la cicatriz que dejó la bala.

El francés se largó a hablar rápidamente. El general quiso apoyarlo, pero le aconsejé que leyera, por ejemplo, ciertos pasajes de las *Notas* del general Perovski, que estuvo prisionero de los franceses en 1812. Finalmente, Marya Filippovna cambió el tema de la conversación.

El general estaba muy disgustado conmigo, porque el francés y yo casi habíamos empezado a gritar. Pero míster Astley parecía haber disfrutado nuestra discusión. Se levantó de la mesa y me invitó a tomar con él un vaso de vino. Al caer la tarde, como era necesario, pude hablar con Polina Aleksandrovna unos quince minutos. Nuestra conversación tuvo lugar durante el paseo. Todos fuimos al parque del Casino. Polina se sentó en un banco frente a la fuente y dejó a Nadyenka que jugara con otros niños sin alejarse demasiado. Yo también solté a Misha junto a la fuente y por fin quedamos solos. Al principio hablamos de negocios. Polina se enojó cuando le entregué sólo setecientos gulden. Había estado segura de que, empeñando sus joyas, le habría traído de París más de dos mil.

–Necesito dinero –dijo–, y tengo que conseguirlo de cualquier manera o estaré perdida.

Le pregunté qué había sucedido durante mi ausencia.

–Nada, pero hubo dos noticias que llegaron de Petersburgo: la primera decía que la abuela estaba muy enferma, y dos días después, que agonizaba. Nos lo dijo Timotei Petrovich –agregó Polina–, que es hombre de confianza. Estamos esperando el final.

–¿Así que aquí todos están a la expectativa? –pregunté.

–Por supuesto. Hace medio año que no esperamos otra cosa.

–¿Usted también?

–¡Pero si yo no tengo ningún parentesco con ella! Sólo soy hijastra del general. Pero estoy segura de que me recordará en su testamento.

–Algo me dice que usted recibirá una buena herencia –dije.

–Sí, me quería mucho. ¿Pero por qué piensa eso?

–A ver –respondí–, ¿acaso nuestro marqués no conoce todos los secretos de la familia?

–¿Y a usted qué le preocupa? –preguntó Polina, seria.

–¡Porque, si no me equivoco, el general ya ha conseguido que le preste dinero!

–Sus sospechas están bien fundadas.

–¡Claro! ¡Le daría dinero si no supiera lo de la abuela? ¿Notó usted a la mesa que mencionó a la abuela tres veces y la llamó "la abuelita", la *baboulinka*? ¡Qué relaciones tan íntimas y amistosas!

–Sí, tiene usted razón. Tan pronto como sepa que figuro en el testamento, pide mi mano. ¿No es esto lo que quería usted saber?

–¿Sólo que pide su mano? Yo creía que ya la había pedido hacía tiempo.

–¡Usted sabe muy bien que no! –dijo Polina, visiblemente molesta–. ¿Dónde conoció usted a ese inglés? –añadió, tras un minuto de silencio.

–Ya sabía yo que me preguntaría usted por él.

Le relaté mis encuentros anteriores con míster Astley durante el viaje.

–Es hombre tímido y enamoradizo y, por supuesto, ya está enamorado de usted.

–Sí, está enamorado de mí –repuso Polina.

–Y es diez veces más rico que el francés. ¿Pero es que el francés tiene de veras algo? ¿No es eso motivo de duda?

–No, no lo es. Tiene un castillo o algo por el estilo. Ayer, sin ir más lejos, el general me habló de eso, y muy positivamente. Bueno, ¿qué? ¿Está usted satisfecho?

–Yo que usted me casaría sin pensarlo con el inglés.

–¿Por qué? –preguntó Polina.

–El francés es más caballero, pero no es confiable. En cuanto al inglés, además de ser honrado, es diez veces más rico –dije con brusquedad.

–Sí, pero el francés es marqués y más inteligente –respondió ella con absoluta calma.

–¿Es así?

–Tal cual lo oye.

A Polina le disgustaban mis preguntas, y era evidente que buscaba enfurecerme con el tono y la fiereza de sus respuestas. Se lo hice saber.

–En verdad, me divierte verlo enojado. Debería pagarme de algún modo su permiso para hacer preguntas y conjeturas.

–En efecto, me considero con derecho a hacerle a usted toda clase de preguntas –respondí tranquilamente–, y se debe a que estoy dispuesto a pagar por ellas lo que se pida, y porque sé que mi vida ahora no tiene ningún valor.

Polina comenzó a reír.

–La última vez, en el Schlangenberg, usted dijo que a la primera palabra que saliera de mi boca estaba dispuesto a tirarse de cabeza desde allí, desde una altura, según parece, de mil pies. Alguna vez pronunciaré esa palabra, aunque sólo sea para ver cómo paga usted lo que promete, y puede estar seguro de que seré inflexible. Usted me resulta odioso, justamente porque le permití tantas cosas, y más odioso aun porque lo necesito. Pero mientras lo necesite, tendré que cuidarme de su presencia.

Se dispuso a levantarse. Últimamente se enfurecía cada vez que hablaba conmigo, terminaba su discurso enojada, realmente furiosa.

–Permítame preguntarle: ¿qué clase de persona es *mademoiselle* Blanche? –dije, deseando que no se fuera sin una explicación.

—Usted mismo sabe qué clase de persona es *mademoiselle* Blanche. No hay motivos para agregar nada a lo que se sabe desde hace tiempo. *Mademoiselle* Blanche será probablemente esposa del general, es decir, si se confirman los rumores sobre la muerte de la abuela, porque *mademoiselle* Blanche, al igual que su madre y que su primo el marqués, saben muy bien que estamos arruinados.

—¿Y el general está perdidamente enamorado?

—No se trata de eso ahora. Escuche y tenga presente lo que le digo: tome estos setecientos florines y vaya a jugar; gáneme cuanto pueda a la ruleta; necesito dinero de la forma que sea.

Luego de hablar de esta forma, llamó a Nadyenka y fue directo al Casino, donde se reunió con el resto de nuestro grupo. Yo, pensativo y perplejo, tomé por la primera vereda que apareció a mi izquierda. La orden de jugar a la ruleta me produjo el efecto de un mazazo en la cabeza. Era extraño, tenía bastante de qué preocuparme, pero aquí estaba ahora, ocupado en analizar mis sentimientos hacia Polina. Es verdad que me había sentido mejor durante estos quince días de ausencia que ahora, en la jornada de mi regreso, aunque todavía en el camino desvariaba como un loco, daba saltos, temblaba, y a veces hasta se me aparecía en sueños. Una vez (esto pasó en Suiza), me dormí en el vagón y, por lo visto, empecé a hablar con Polina en voz alta, haciendo reír a mis compañeros de viaje. Y ahora, una vez más, me hice la pregunta: ¿la quiero? Y una vez más no supe qué contestar; o, mejor dicho, una vez más, por centésima vez, me contesté que la odiaba. Sí, me era odiosa. Había momentos (cabalmente cada vez que terminábamos una conversación) en que hubiera dado media vida por estrangularla. Juro que si hubiera sido posible hundirle un cuchillo bien afilado en el seno, creo que lo hubiera hecho con placer. Y, no obstante, juro por lo más sagrado que si en el Schlangenberg, en esa cumbre tan a la moda, me hubiera dicho efectivamente: "¡Tírese!", me hubiera tirado en el acto, y hasta con gusto. Yo lo sabía. De una manera u otra había que resolver aquello. Ella, por su parte, lo comprendía perfectamente, y sólo el pensar que yo me daba cuenta justa y cabal de su inaccesibilidad para mí, de la imposibilidad de convertir mis fantasías en realidades, sólo el pensarlo, estaba seguro, le producía extraordinario deleite; de lo contrario, ¿cómo podría, tan discreta e inteligente como es, permitirse tales intimidades y revelaciones conmigo? Se me antoja que hasta entonces me había mirado como aquella emperatriz de la Antigüedad que se desnudaba en presencia de un esclavo suyo, considerando que no era hombre. Sí, muchas veces me consideraba como si no fuese hombre... Pero, en fin, había recibido su encargo: ganar a la ruleta de cualquier manera. No tenía tiempo para pensar con qué objetivo y con cuánta rapidez era necesario ganar y qué nuevas combinaciones surgían en aquella cabeza, siempre consagrada al cálculo. Por otro lado, en los últimos quince días habían entrado en juego nuevos factores, de los cuales aún no tenía idea. Debía hacer averiguaciones sobre todo eso, enterarme de muchos asuntos; y cuanto antes lo hiciera, mejor. Pero por el momento no contaba con el tiempo suficiente. Tenía que ir a la ruleta.

Capítulo II

Debo confesar que la orden me resultó desagradable, porque aunque había resuelto jugar, no había previsto que empezaría jugando con dinero ajeno. Hasta me sacó un tanto de quicio, y entré en las salas de juego con apatía. En una rápida ojeada, no me gustó lo que vi. No puedo aguantar la forma en que el periodismo chupa las medias, y sobre todo las de nuestros periódicos rusos, y cómo en cada primavera escriben de dos cosas: primera, del extraordinario esplendor y lujo de las salas de juego en las "ciudades de la ruleta" del Rin; y, segunda, de los montones de oro que, según dicen, se ven en las mesas. Al fin y al cabo, no se les paga por ello, y sólo lo dicen por puro servilismo. No hay ningún esplendor en estas salas inmundas, y en cuanto a oro, no sólo no hay montones de él en las mesas, sino que apenas se ve. Es verdad que alguna vez, durante la temporada, aparece de pronto un tipo raro, un inglés o algún asiático, un turco, como sucedió este verano, y pierde o gana sumas muy considerables; los demás, sin embargo, siguen jugándose unos míseros gulden, y la cantidad que se ve sobre las mesas es por lo general bastante modesta.

Cuando entré en la sala de juego (por primera vez en mi vida) dejé pasar un rato sin probar fortuna. Además, me agobiaba la cantidad de gente. Sin embargo, aunque hubiese estado solo, creo que en esa ocasión me hubiera marchado sin jugar. Confieso que me latía fuertemente el corazón y que no las tenía todas conmigo; muy probablemente sabía, y había decidido tiempo atrás, que de Roulettenburg no saldría como había llegado; que algo radical y definitivo iba a ocurrir en mi vida. Así tenía que ser y así sería. Por ridícula que parezca mi gran confianza en los beneficios de la ruleta, más ridícula aún es la opinión corriente de que es absurdo y estúpido esperar nada del juego. ¿Y por qué el juego habrá de ser peor que cualquier otro medio de procurarse dinero, por ejemplo, el comercio? Una cosa es cierta: que de cada cien gana uno. Pero eso ¿a mí qué me importa? En todo caso, decidí desde el primer momento observarlo todo con cuidado y no intentar nada serio, en esa ocasión. Si algo había de ocurrir esa noche, sería de improviso, y nada del otro mundo; y de ese modo me dispuse a apostar. Tenía, por añadidura, que aprender el juego mismo, ya que a pesar de las mil descripciones de la ruleta que había leído con tanta avidez, la verdad es que no sabría nada de su funcionamiento hasta que no lo viera con mis propios ojos. En primer lugar, todo me parecía muy sucio, algo así como moralmente sucio e indecente. No me refiero, ni mucho menos, a esas caras ávidas e intranquilas que a decenas, hasta a centenares, se agolpan alrededor de las mesas de juego. Francamente, no veo nada sucio en el deseo de ganar lo más posible y cuanto antes: siempre he tenido por muy necia la opinión de un moralista acaudalado y bien nutrido, quien, oyendo decir a alguien, por vía de justificación, que "al fin y al cabo estaba apostando cantidades pequeñas", contestó: "Tanto peor, pues el afán de lucro también será mezquino". ¡Como si ese afán no fuera el mismo cuando se gana poco que cuando se gana mucho! Es cuestión de proporción. Lo que para Rothschild es poco, para mí es la riqueza; y si de lo que se trata es de ingresos o ganancias, entonces no es sólo en la ruleta, sino en cualquier transacción, donde uno le saca a otro lo que puede. Que las ganancias y las pérdidas sean en general algo repulsivo es otra cuestión que no voy a resolver aquí. Puesto que yo mismo sentía agudamente el afán de lucro, toda esa codicia y toda esa porquería codiciosa me resultaban, cuando entré en la sala, convenientes y, por así decirlo, familiares. Nada más agradable que cuando puede uno dejarse de cumplidos en su trato con otro y cada cual se comporta abiertamente, a pata ancha. ¿Y de qué sirve engañarse a sí mismo? ¡Qué menester tan trivial y poco provechoso! Repelente en particular, a primera vista, en toda esa chusma de la ruleta era el respeto con que miraba lo que se estaba haciendo, la seriedad, mejor dicho, la deferencia con que se agolpaba en torno a las mesas. He aquí por qué en estos casos se distingue con esmero entre los juegos que se dicen de *mauvais genre* y los permitidos a las personas decentes. Hay dos clases de juego: una para caballeros y otra plebeya, mercenaria, propia de la canalla. Aquí la distinción se observa rigurosamente; ¡y qué vil, en realidad, es esa distinción! Un caballero, por ejemplo, puede hacer una puesta de cinco o diez luises, rara vez más; o puede apostar hasta mil francos, si es muy rico, pero sólo por jugar, sólo por divertirse, en realidad sólo para observar el proceso de la ganancia o la pérdida; pero de ningún modo puede mostrar interés en la ganancia misma. Si gana, puede, por ejemplo, soltar una carcajada, hacer un comentario a cualquiera de los concurrentes, incluso apuntar de nuevo o doblar su puesta, pero sólo por curiosidad, para estudiar y calcular las probabilidades, pero no por el deseo plebeyo de ganar. En suma, que no debe ver en todas estas mesas de juego, ruletas y *trente et quarante,* más que un entretenimiento organizado exclusivamente para su disfrute. Los vaivenes de la suerte, apoyo y justificación de la banca, no deben ni siquiera ser motivo de sospecha. No estaría tan mal que supusiera, por ejemplo, que todos los demás jugadores, toda esa chusma que tiembla ante un guiden, son en realidad tan ricos y caballerosos como él y que juegan sólo para divertirse y pasar el tiempo. Esta ausencia total de conocimiento sobre la realidad, esta visión ingenua de lo que es la gente, con claridad, típicos de la aristocracia más refinada. Vi a muchas madres empujando adelante a sus hijas, jovencitas inocentes y elegantes de quince o dieciséis años, y dándoles monedas de oro para enseñarles a jugar. La señorita ganaba o perdía sonriendo y se marchaba complacida. Nuestro general se acercó a la mesa con aire grave e imponente. Un lacayo corrió a ofrecerle una silla, pero él ni siquiera lo vio. Con mucha lentitud sacó el portamonedas; de él, con mucha lentitud, extrajo trescientos francos en oro, los apuntó al negro y ganó. No recogió lo ganado y lo dejó en la mesa. Salió el negro otra vez y tampoco recogió lo ganado. Y cuando la tercera vez salió el rojo, perdió de un golpe mil doscientos francos. Se retiró sonriendo y sin perder la dignidad. Yo estaba seguro de que por dentro iba consumido de rabia y que si la apuesta hubiera sido dos o tres veces mayor, hubiera perdido la serenidad y dado suelta a su turbación. Por otra parte, un francés, en mi presencia, ganó y perdió hasta treinta mil francos, alegre y tranquilamente. El caballero auténtico, aunque pierda cuanto tiene, no debe alterarse. El dinero está tan por debajo de la dignidad de un caballero que casi no vale la pena pensar en él. Sería muy aristocrático, por supuesto, no darse cuenta de la cochambre de toda esa chusma y esa escena. A veces, sin embargo, no es menos aristocrático y refinado el darse cuenta, es decir, observar con cuidado, examinar con impertinentes, como si dijéramos, a toda esa chusma; pero sólo viendo en esa cochambre y en toda esa muchedumbre una forma especial de pasatiempo, un espectáculo organizado para divertir a los caballeros. Uno puede abrirse paso entre el gentío y mirar en torno, pero con el pleno convencimiento de que, en rigor, uno es sólo observador y de ningún modo parte del grupo. Pero, por otro lado, no se debe observar con demasiada atención, pues ello sería actitud impropia de un caballero, ya que al fin y al cabo el espectáculo no merece ser observado larga y atentamente; y sabido es que pocos espectáculos son dignos de la cuidadosa atención de un caballero. Sin embargo, a mí me parecía que todo esto merecía la atención más solícita, especialmente porque me encontraba aquí no sólo para observar, sino para formar parte, con plena conciencia, de esa chusma. En cuanto a mis convicciones morales más íntimas, es claro que no encajan en el razonamiento presente. En fin, ¿qué vamos a hacer? Hablar para desahogar mi conciencia. Pero una cosa sí haré notar: que últimamente me ha sido —no sé por qué— profundamente repulsivo ajustar mi conducta y mis pensamientos a cualquier género de patrón moral. Era otro patrón el que me guiaba... Es verdad que la chusma juega muy sucio. No ando lejos de pensar que en la mesa de juego misma se dan casos del más vulgar latrocinio. Para los crupieres, sentados a los extremos de la mesa, observar y liquidar las apuestas es trabajo muy duro. ¡Ésa es otra chusma! Franceses, la mayoría de ellos. Por otro lado, yo observaba y estudiaba no para describir la ruleta, sino para "hacerme al juego", para saber cómo debía obrar en el futuro. Por ejemplo, descubrí la frecuencia con la que sale de detrás de la mesa una mano que se apropia lo que uno ha ganado. Se produce una discusión, con frecuencia unos y otros gritan, ¡y vaya usted a buscar testigos para probar que la apuesta es suya! Al principio todo me parecía un desorden sin sentido. Sólo adiviné y distinguí, no sé cómo, que las puestas eran al número, a pares y nones y al color. Esa noche decidí arriesgar cien gulden del dinero de Polina Aleksandrovna. La idea de entrar a jugar y que no fuera por mi propia cuenta me tenía un poco nervioso. Era una sensación muy desagradable y quería sacudírmela de encima cuanto antes. Se me ocurría que empezando con Polina tenía mi propia suerte en contra. ¿Acaso no es cierto que es imposible acercarse a una mesa de juego sin sentirse contagiado de inmediato por la superstición? Empecé sacando cinco federicos de oro, esto es, cincuenta gulden, y poniéndolos a los pares. Giró la rueda, salió el quince y perdí. Con una sensación de ahogo, sólo para liberarme de algún modo y marcharme, puse otros cinco federicos al rojo. Salió el rojo. Puse los diez federicos, salió otra vez el rojo. Lo puse todo al rojo, y volvió a salir el rojo. Cuando recibí cuarenta federicos, puse veinte en los doce números medios sin tener idea de lo que podría resultar. Me pagaron el triple. Así, entonces, mis diez federicos de oro de pronto se habían convertido en ochenta. La extraña e insólita sensación que ello me produjo se me hizo tan insoportable que decidí irme. Me parecía que de ningún modo jugaría así si estuviera jugando por mi propia cuenta. Sin embargo, puse los ochenta federicos una vez más a los pares. Esta vez salió el cuatro; me entregaron otros ochenta federicos, y con el montón de ciento sesenta federicos de oro salí a buscar a Polina Aleksandrovna. Todos se habían ido de paseo al parque y no conseguí verla hasta después de la cena. En esta ocasión no estaba presente el francés, y el general se despachó a sus anchas: entre otras cosas juzgó necesario advertirme una vez más que no le agradaría verme junto a una mesa de juego. Pensaba que le pondría en un gran compromiso si perdía demasiado; "pero aunque ganara usted mucho, quedaría yo también en un compromiso –añadió con intención–. Por supuesto que no tengo derecho a dirigir sus actos, pero usted mismo estará de acuerdo en que...". Ahí se quedó, como era costumbre suya, sin acabar la frase. Yo respondí secamente que tenía muy poco dinero y, por lo tanto, no podía perder cantidades demasiado llamativas aun si llegaba a jugar. Cuando subía a mi habitación logré entregar a Polina sus ganancias y le anuncié que no volvería a jugar más por cuenta de ella.

–¿Y eso por qué? –preguntó alarmada.

–Porque quiero jugar por mi propia cuenta –respondí mirándola asombrado– y esto me lo impide.

–¿Conque sigue usted convencido de que la ruleta es su única vía de salvación? –preguntó irónicamente. Yo volví a contestar muy seriamente que sí; en cuanto a mi convencimiento de que ganaría sin duda alguna.... bueno, quizá fuera absurdo, de acuerdo, pero que me dejaran en paz. Polina Aleksandrovna insistió en que fuera a medias con ella en las ganancias de hoy, y me ofreció ochenta federicos de oro, proponiendo que en el futuro continuásemos el juego sobre esa base. Yo rechacé la oferta, de plano y sin ambages, y declaré que no podía jugar por cuenta de otros, no porque no quisiera hacerlo, sino porque probablemente perdería.

–Y, sin embargo, yo también, por estúpido que parezca, cifro mis esperanzas casi únicamente en la ruleta –dijo pensativa–. Por consiguiente, tiene usted que seguir jugando conmigo a medias, y, por supuesto, lo hará. Con esto se apartó de mí sin escuchar mis ulteriores objeciones.

Capítulo III

Sin embargo, Polina no me dijo ayer una sola palabra sobre el juego en todo el día, más aún, evitó en general hablar conmigo. Su previa manera de tratarme no se alteró; esa completa despreocupación en su actitud cuando nos encontrábamos, con un matiz de odio y desprecio. Por lo común no procura ocultar su aversión hacia mí; esto lo veo yo mismo. No obstante, tampoco me oculta que le soy necesario y que me reserva para algo. Entre nosotros han surgido unas relaciones harto raras, en gran medida incomprensibles para mí, habida cuenta del orgullo y la arrogancia con que se comporta con todos. Ella sabe, por ejemplo, que yo la amo hasta la locura, me da venia incluso para que le hable de mi pasión (aunque, por supuesto, nada expresa mejor su desprecio que esa licencia que me da para hablarle de mi amor sin trabas ni circunloquios: "Quiere decir que tengo tan en poco tus sentimientos que me es absolutamente indiferente que me hables de ellos, sean los que sean". De sus propios asuntos me hablaba mucho ya antes, pero nunca con entera franqueza. Además, en sus desdenes para conmigo hay cierto refinamiento: sabe, por ejemplo, que conozco alguna circunstancia de su vida o alguna cosa que la trae muy inquieta; incluso ella misma me contará algo de sus asuntos si necesita servirse de mí para algún fin particular, ni más ni menos que si fuese su esclavo o recadero; pero me contará sólo aquello que necesita saber un hombre que va a servir de recadero) y aunque la pauta entera de los acontecimientos me sigue siendo desconocida, aunque Polina misma ve que sufro y me inquieto por causa de sus propios sufrimientos e inquietudes, jamás se dignará al tranquilizarme por completo con una franqueza amistosa, y eso que, confiándome a menudo encargos no sólo engorrosos, sino hasta arriesgados, debería, en mi opinión, ser franca conmigo. Pero ¿por qué habría de ocuparse de mis sentimientos, de que también yo estoy inquieto y de que quizá sus inquietudes y desgracias me preocupan y torturan tres veces más que a ella misma? Desde hacía unas tres semanas conocía yo su intención de jugar a la ruleta. Hasta me había anunciado que tendría que jugar por cuenta suya, porque sería indecoroso que ella misma jugara. Por el tono de sus palabras saqué pronto la conclusión de que obraba a impulsos de una grave preocupación y no simplemente por el deseo de lucro. ¿Qué significaba para ella el dinero en sí mismo? Ahí había un propósito, alguna circunstancia que yo quizá pudiera adivinar, pero que hasta este momento ignoro. Claro que la humillación y esclavitud en que me tiene podrían darme (a menudo me dan) la posibilidad de hacerle preguntas duras y groseras. Dado que no soy para ella sino un esclavo, un ser demasiado insignificante, no tiene motivo para ofenderse de mi ruda curiosidad. Pero es el caso que, aunque ella me permite hacerle preguntas, no las contesta. Hay veces que ni siquiera se da cuenta de ellas. ¡Así están las cosas entre nosotros! Ayer se habló mucho del telegrama que se mandó hace cuatro días a Petersburgo y que no ha tenido contestación. El general, por lo visto, está pensativo e inquieto. Se trata, ni que decir tiene, de la abuela. También el francés está agitado. Ayer, sin ir más lejos, estuvieron hablando largo rato después de la comida. El tono que emplea el francés con todos nosotros es sumamente altivo y desenvuelto. Aquí se da lo del refrán: "les das la mano y se toman el codo". Hasta con Polina se muestra desembarazado hasta la grosería; pero, por otro lado, participa con gusto en los paseos por el parque y en las cabalgatas y excursiones al campo. Desde hace bastante tiempo conozco algunas de las circunstancias que ligan al francés y al general. En Rusia proyectaron abrir juntos una fábrica, pero no sé si el proyecto se malogró o si sigue todavía en pie. Además, conozco por casualidad parte de un secreto de familia: el francés, efectivamente, había sacado de apuros al general el año antes, dándole treinta mil rublos para que completara cierta cantidad que faltaba en los fondos públicos antes de presentar la dimisión de su cargo. Y, por supuesto, el general está en sus garras; pero ahora, cabalmente ahora, quien desempeña el papel principal en este asunto es *mademoiselle* Blanche, y en esto estoy seguro de no equivocarme. ¿Quién es *mademoiselle* Blanche? Aquí, entre nosotros, se dice que es una francesa de noble alcurnia y fortuna colosal, a quien acompaña su madre. También se sabe que tiene algún parentesco, aunque muy remoto, con nuestro marqués: prima segunda o algo por el estilo. Se dice que hasta mi viaje a París, el francés y *mademoiselle* Blanche se trataban con bastante más ceremonia, como si quisieran dar ejemplo de finura y delicadeza. Ahora, sin embargo, su relación, amistad y parentesco parecen menos delicados y más íntimos. Quizá estiman que nuestros asuntos van por tan mal camino que no tienen por qué mostrarse demasiado corteses con nosotros o guardar las apariencias. Yo ya noté anteayer cómo míster Astley miraba a *mademoiselle* Blanche y a la madre de ésta. Tuve la impresión de que las conocía. Me pareció también que nuestro francés había tropezado previamente con míster Astley; pero éste es tan tímido, reservado y taciturno que es casi seguro que no lavará en público los trapos sucios de nadie. Por lo pronto, el francés apenas le saluda y casi no le mira, lo que quiere decir, por lo tanto, que no le teme. Esto se comprende. ¿Pero por qué *mademoiselle* Blanche tampoco le mira? Tanto más cuanto el marqués reveló anoche el secreto–. De pronto, no recuerdo con qué motivo, dijo en conversación general que míster Astley es colosalmente rico y que lo sabe de buena fuente. ¡Buena ocasión era ésa para que *mademoiselle* Blanche mirara a míster Astley! De todos modos, el general estaba intranquilo. Bien se comprende lo que puede significar para él el telegrama con la noticia de la muerte de su tía. Aunque estaba casi seguro de que Polina evitaría, como de propósito, conversar conmigo, yo también me mostré frío e indiferente, pensando que ella acabaría por acercárseme. En consecuencia, ayer y hoy he concentrado principalmente mi atención en *mademoiselle* Blanche. ¡Pobre general, ya está perdido por completo! Enamorarse a los cincuenta y cinco años y con pasión tan fuerte es, por supuesto, una desgracia. Agréguese a ello su viudez, sus hijos, la ruina casi total de su hacienda, sus deudas, y, para acabar, la mujer de quien le ha tocado en suerte enamorarse. *Mademoiselle* Blanche es bella, pero no sé si se me comprenderá si digo que tiene uno de esos semblantes de los que cabe asustarse. Yo al menos les tengo miedo a esas mujeres. Tendrá unos veinticinco años. Es alta y ancha de hombros, terminados en ángulos rectos. El cuello y el pecho son espléndidos. Es trigueña de piel, tiene el pelo negro como el azabache y en tal abundancia que hay bastante para dos *coiffures*. El blanco de sus ojos tira un poco a amarillo, la mirada es insolente, los dientes son de *blancura* deslumbrante, los labios los lleva siempre pintados, huele a almizcle. Viste con ostentación, en ropa de alto precio, chic, pero con gusto exquisito. Sus manos y pies son una maravilla. Su voz es un contralto algo ronco. De vez en cuando, ríe a carcajadas y muestra todos los dientes, pero por lo común su expresión es taciturna y descarada, al menos en presencia de Polina y de Marya Filippovna. (Rumor extraño: Marya Filippovna regresa a Rusia.) Sospecho que *mademoiselle* Blanche carece de instrucción; quizá incluso no sea inteligente, pero por otra parte es suspicaz y astuta. Se me antoja que en su vida no han faltado las aventuras. Para decirlo todo, puede ser que el marqués no sea pariente suyo y que la madre no tenga de tal más que el nombre. Pero hay prueba de que en Berlín, adonde fuimos con ellos, ella y su madre tenían amistades bastante decorosas. En cuanto al marqués, aunque sigo dudando de que sea marqués, es evidente que pertenece a la buena sociedad, según ésta se entiende, por ejemplo, en Moscú o en cualquier parte de Alemania. No sé qué será en Francia; se dice que tiene un château. He pensado que en estos quince días han pasado muchas cosas y, sin embargo, todavía no sé a ciencia cierta si entre *mademoiselle* Blanche y el general se ha dicho algo decisivo. En resumen, todo depende ahora de nuestra situación económica, es decir, de si el general puede mostrarles bastante dinero. Si, por ejemplo, llegara la noticia de que la abuela no ha muerto, estoy seguro de que *mademoiselle* Blanche desaparecería al instante. A mí mismo me sorprende y divierte lo chismoso que he llegado a ser. ¡Oh, cómo me repugna todo esto! ¡Con qué placer mandaría a paseo a todos y todo! ¿Pero acaso puedo apartarme de Polina? ¿Es que puedo renunciar a huronear en torno a ella? El espionaje es sin duda una bajeza, pero ¿a mí qué me importa? Interesante también me ha parecido míster Astley ayer y hoy. Sí, tengo la seguridad de que está enamorado de Polina. Es curioso y divertido lo que puede expresar a veces la mirada tímida y mórbidamente casta de un hombre enamorado, sobre todo cuando ese hombre preferiría que se lo tragara la tierra a decir o sugerir nada con la lengua o los ojos. Míster Astley se encuentra con nosotros a menudo en los paseos. Se quita el sombrero y pasa de largo, devorado sin duda por el deseo de unirse a nuestro grupo. Si le invitan, rehúsa al instante. En los lugares de descanso, en el Casino, junto al quiosco de la música o junto a la fuente, se instala siempre no lejos de nuestro asiento; y dondequiera que estemos —en el parque, en el bosque, o en lo alto del Schlangenberg— basta levantar los ojos y mirar en torno para ver indefectiblemente —en la vereda más cercana o tras un arbusto— a míster Astley en su escondite. Sospecho que busca una ocasión para hablar conmigo a solas. Esta mañana nos encontramos y cambiamos un par de palabras. A veces habla de manera sumamente inconexa. Sin darme los "buenos días" me dijo:

—¡Ah, *mademoiselle* Blanche! ¡He visto a muchas mujeres como *mademoiselle* Blanche!

Guardó silencio, mirándome con intención. No sé lo que quiso decir con ello, porque cuando le pregunté "¿y eso qué significa?", sonrió astutamente, sacudió la cabeza y añadió: "En fin, así es la vida. ¿Le gustan mucho las flores a *mademoiselle* Polina?".

—No sé; no tengo idea.

—¿Cómo? ¿Que no lo sabe? —gritó presa del mayor asombro.

—No lo sé. No me he fijado —repetí riendo.

—Mmmm... Eso me da que pensar. —Inclinó la cabeza y prosiguió su camino.

Pero tenía aspecto satisfecho. Estuvimos hablando en un francés de lo más horrible.

Capítulo IV

Hoy fue un día tonto, feo, absurdo. Ahora son las once de la noche. Estoy sentado en mi cuartucho y hago una recapitulación de lo que sucedió. Empezó con que por la mañana tuve que jugar a la ruleta por pedido de Polina Aleksandrovna. Tomé sus ciento sesenta federicos de oro, pero bajo dos condiciones: primera, que no jugaría a medias con ella, es decir, que si ganaba no aceptaría nada; y segunda, que esa noche Polina me explicaría por qué le era tan urgente ganar y exactamente cuánto dinero. Yo, en todo caso, no puedo suponer que sea sólo por dinero. Es evidente que lo necesita, y lo más pronto posible, para algún fin especial. Prometió explicármelo y me dirigí al Casino. En las salas de juego la muchedumbre era terrible. ¡Qué insolentes y codiciosos eran todos! Me abrí camino hasta el centro y me coloqué junto al crupier; luego empecé cautelosamente a "probar el juego" en posturas de dos o tres monedas. Mientras tanto observaba y tomaba nota mental de lo que veía; me pareció que la "combinación" no significa gran cosa y no tiene, ni con mucho, la importancia que le dan algunos jugadores. Se sientan con papeles llenos de garabatos, apuntan los aciertos, hacen cuentas, deducen las probabilidades, calculan, por fin realizan sus puestas y pierden igual que nosotros, simples mortales, que jugamos sin "combinación". Sin embargo, saqué una conclusión que me parece exacta: aunque no hay, en efecto, sistema, existe no obstante, una especie de pauta en las probabilidades, lo que, por supuesto, es muy extraño. Ocurre, por ejemplo, que después de los doce números medios salen los doce últimos; dos veces –digamos– la bola cae en estos doce últimos y vuelve a los doce primeros. Una vez que ha caído en los doce primeros, vuelve otra vez a los doce medios, cae en ellos tres o cuatro veces seguidas y pasa de nuevo a los doce últimos; y de ahí, después de salir un par de veces, pasa de nuevo a los doce primeros, cae en ellos una vez y vuelve a desplazarse para caer tres veces en los números medios; y así sucesivamente durante la hora y media o dos horas. Uno, tres y dos; uno, tres y dos. Es muy divertido. Otro día, u otra mañana, ocurre, por ejemplo, que el rojo va seguido del negro y viceversa en giros consecutivos de la rueda sin orden ni concierto, hasta el punto de que no se dan más de dos o tres golpes seguidos en el rojo o en el negro. Otro día u otra noche no sale más que el rojo, llegando, por ejemplo, hasta más de veintidós veces seguidas, y así continúa infaliblemente durante un día entero. Mucho de esto me lo explicó míster Astley, quien pasó toda la mañana junto a las mesas de juego, aunque no hizo una sola puesta. En cuanto a mí, perdí hasta el último kopek –y muy deprisa–. Para empezar puse veinte federicos de oro a los pares y gané, puse cinco y volví a ganar, y así dos o tres veces más. Creo que tuve entre manos unos cuatrocientos federicos de oro en unos cinco minutos. Debiera haberme retirado entonces, pero en mí surgió una extraña sensación, una especie de reto a la suerte, un afán de mojarle la oreja, de sacarle la lengua. Apunté con la apuesta más grande permitida, cuatro mil gulden, y perdí. Luego, enardecido, saqué todo lo que me quedaba, lo apunté al mismo número y volví a perder. Me aparté de la mesa como atontado. Ni siquiera entendía lo que me había pasado y no expliqué mis pérdidas a Polina Aleksandrovna hasta poco antes de la comida. Mientras tanto estuve vagando por el parque. Durante la comida estuve tan animado como lo había estado tres días antes. El francés y *mademoiselle* Blanche comían una vez más con nosotros. Por lo visto, *mademoiselle* Blanche había estado aquella mañana en el Casino y había presenciado mis hazañas. En esta ocasión habló conmigo más atentamente que de costumbre. El francés se fue derecho al grano y me preguntó sin más si el dinero que había perdido era mío. Me pareció que sospechaba de Polina. En una palabra, ahí había gato encerrado. Contesté al momento con una mentira, diciendo que el dinero era mío. El general quedó muy asombrado. ¿De dónde había sacado yo tanto dinero? Expliqué que había empezado con diez federicos de oro, y que seis o siete aciertos seguidos, doblando las puestas, me habían proporcionado cinco o seis mil gulden; y que después lo había perdido todo en dos golpes. Todo esto, por supuesto, era verosímil. Mientras lo explicaba miraba a Polina, pero no pude leer nada en su rostro. Sin embargo, me había dejado mentir y no me había corregido; de ello saqué la conclusión de que tenía que mentir y encubrir el hecho de haber jugado por cuenta de ella. En todo caso, pensé para mis adentros, está obligada a darme una explicación, y poco antes había prometido revelarme algo. Yo pensaba que el general me haría alguna observación, pero guardó silencio; noté, sin embargo, por su cara, que estaba agitado e intranquilo. Acaso, dados sus apuros económicos, le era penoso escuchar cómo un majadero manirroto como yo había ganado y perdido en un cuarto de hora ese respetable montón de oro. Sospecho que anoche tuvo con el francés una acalorada disputa, porque estuvieron hablando largo y tendido a puerta cerrada. El francés se fue por lo visto irritado, y esta mañana temprano vino de nuevo a ver al general, probablemente para proseguir la conversación de ayer. Habiendo oído hablar de mis pérdidas, el francés me hizo observar con mordacidad, más aún, con malicia, que era menester ser más prudente. No sé por qué agregó que, aunque los rusos juegan mucho, no son siquiera, a su parecer, diestros en el juego. –En mi opinión, la ruleta ha sido inventada sólo para los rusos –observé yo; y cuando el francés sonrió desdeñosamente al oír mi dictamen, dije que yo tenía razón porque, cuando hablo de los rusos como jugadores, lo hago para insultarlos y no para alabarlos, y, por lo tanto, es posible creerme.

–¿En qué funda usted su opinión? –preguntó el francés.

–En el catecismo de las virtudes y los méritos del hombre civilizado de Occidente, figura histórica y casi primordialmente la capacidad de adquirir capital. Ahora bien, el ruso no sólo es incapaz de adquirir capital, sino que lo derrocha sin sentido, indecorosamente. Lo que no quita que el dinero también nos sea necesario a los rusos –añadí–; por consiguiente, nos atraen y cautivan aquellos métodos, como, por ejemplo, la ruleta, con los cuales puede uno enriquecerse de repente, en dos horas, sin esfuerzo. Esto es para nosotros una gran tentación; y como jugamos sin sentido, sin esfuerzo, pues perdemos.

–Eso es hasta cierto punto verdad –subrayó el francés con fatuidad.

–No, eso no es verdad, y debería darle vergüenza hablar así de su patria –apuntó el general en tono severo y petulante.

–Perdón –le respondí–; en realidad no se sabe todavía qué es más repugnante: la perversión rusa o el método alemán de acumular dinero por medio del trabajo honrado.

—¡Qué idea tan indecorosa! —exclamó el general.

—¡Qué idea tan rusa! —exclamó el francés. Yo me reí. Tenía unas ganas locas de azuzarlos.

—Yo prefiero con mucho vivir en tiendas de lona como un tártaro a inclinarme ante el ídolo alemán.

—¿Qué ídolo? —gritó el general, que ya empezaba a sulfurarse en serio.

—El método alemán de acumular riqueza. No llevo aquí mucho tiempo, pero lo que hasta ahora vengo observando y comprobando subleva mi sangre tártara. ¡Juro por lo más sagrado que no quiero tales virtudes! Ayer hice un recorrido de unas diez verstas. Pues bien, todo coincide exactamente con lo que dicen esos librillos alemanes con estampas que enseñan moralidad. Aquí, en cada casa, hay un Vater, terriblemente virtuoso y extremadamente honrado. Tan honrado es que da miedo acercarse a él. Yo no puedo aguantar a las personas honradas a quienes no puede uno acercarse sin miedo. Cada uno de esos Vater tiene su familia, y durante las veladas toda ella lee en voz alta libros de sana doctrina. Sobre la casita murmuran los olmos y los castaños. Puesta de sol, cigüeña en el tejado, y todo es sumamente poético y conmovedor.

—No se enfade, general. Permítame contar algo todavía más conmovedor. Yo recuerdo que mi padre, que en paz descanse, también bajo los tilos, en el jardín, solía leernos a mi madre y a mí durante las veladas libros parecidos... Así pues, puedo juzgar con tino. Ahora bien, cada familia de aquí se halla en completa esclavitud y sumisión con respecto al Vater. Todos trabajan como bueyes y todos ahorran como judíos. Supongamos que el Vater ha acaparado ya tantos o cuantos gulden y que piensa traspasar al hijo mayor el oficio o la parcela de tierra; a ese fin, no se da una dote a la hija y ésta se queda para vestir santos; a ese fin, se vende al hijo menor como siervo o soldado y el dinero obtenido se agrega al capital doméstico. Así sucede aquí; me he enterado. Todo ello se hace por pura honradez, por la más rigurosa honradez, hasta el punto de que el hijo menor cree que ha sido vendido por pura honradez; vamos, que es ideal cuando la propia víctima se alegra de que la lleven al matadero. Bueno, ¿qué queda? Pues que incluso para el hijo mayor las cosas no van mejor: allí cerca tiene a su Amalia, a la que ama tiernamente; pero no puede casarse porque aún no ha reunido bastantes gulden. Así pues, los dos esperan honesta y sinceramente y van al sacrificio con la sonrisa en los labios. A Amalia se le hunden las mejillas, enflaquece. Por fin, al cabo de veinte años aumenta la prosperidad; se han ido acumulando los gulden honesta y virtuosamente. El Vater bendice a su hijo mayor, que ha llegado a la cuarentena, y a Amalia, que con treinta y cinco años a cuestas tiene el pecho hundido y la nariz colorada... En tal ocasión echa unas lagrimitas, pronuncia una homilía y muere. El hijo mayor se convierte en virtuoso Vater y... vuelta a las andadas. De este modo, al cabo de cincuenta o sesenta años, el nieto del primer Vater junta, efectivamente, un capital considerable que lega a su hijo, éste al suyo, este otro al suyo, y al cabo de cinco o seis generaciones sale un barón Rothschild o una Hoppe y Compañía, o algo por el estilo. Bueno, señores, no dirán que no es un espectáculo majestuoso: trabajo continuo durante uno o dos siglos, paciencia, inteligencia, honradez, fuerza de voluntad, constancia, cálculo, ¡y una cigüeña en el tejado! ¿Qué más se puede pedir? No hay nada que supere a esto, y con ese criterio los alemanes empiezan a juzgar a todos los que son un poco diferentes de ellos, y a castigarlos sin más. Bueno, señores, así es la cosa. Yo, por mi parte, prefiero armar una juerga a la rusa o hacerme rico con la ruleta. No me interesa llegar a ser Hoppe y Compañía al cabo de cinco generaciones. Necesito el dinero para mí mismo y no me considero indispensable para nada ni subordinado al capital. Sé que he dicho un montón de tonterías, pero, en fin, ¿qué se le va a hacer? Ésas son mis convicciones.

—No sé si lleva usted mucha razón en lo que ha dicho —dijo pensativo el general—, pero lo que sí sé es que empieza a bufonear de modo inaguantable en cuanto se le da la menor oportunidad...

Según costumbre suya, no acabó la frase. Si nuestro general se ponía a hablar de un tema algo más importante que la conversación cotidiana, nunca terminaba sus frases. El francés escuchaba distraídamente, con los ojos algo saltones. No había entendido casi nada de lo que yo había dicho. Polina miraba la escena con cierta indiferencia altiva. Parecía no haber oído mis palabras ni nada de lo que se había dicho a la mesa.

Capítulo V

Estaba más ensimismada que de costumbre, pero apenas nos levantamos de la mesa, me pidió que saliera a pasear con ella. Recogimos a los niños y nos dirigimos a la fuente del parque. Como estaba muy agitado, pregunté estúpida y groseramente por qué el marqués Des Grieux, nuestro francés, no sólo no la acompañaba ahora cuando iba a algún sitio, sino que ni hablaba con ella durante días enteros.

—Porque es un canalla —fue la extraña respuesta. Hasta ahora, nunca la había oído hablar en esos términos de Des Grieux. Guardé silencio, por miedo a comprender su irritación.

—¿Ha notado que hoy no se llevaba bien con el general?

—¿Quiere usted saber de qué se trata? —respondió con tono seco y enojado—. Usted sabe que el general lo tiene todo hipotecado con el francés; toda su hacienda es de él, y si la abuela no muere, el francés entrará en posesión de todo lo hipotecado.

—¡Ah! ¿Conque es verdad que todo está hipotecado? Lo había oído decir, pero no sabía si era cierto.

—Pues sí.

—Si es así, adiós a *mademoiselle* Blanche —dije yo—. En tal caso, no será generala. ¿Sabe? Me parece que el general está tan enamorado que puede pegarse un tiro si *mademoiselle* Blanche le rehúye. Enamorarse de esa forma, a sus años, es peligroso.

—A mí también me parece que algo le ocurrirá —agregó, con aire pensativo, Polina Aleksandrovna.

—¡Y sería estupendo! —exclamé—. No hay manera más burda de demostrar que iba a casarse con él sólo por dinero. Aquí ni siquiera se han observado las buenas maneras; todo ha ocurrido sin ninguna ceremonia. ¡Cosa más rara! Y en cuanto a la abuela, ¿hay algo más grotesco e indecente que mandar telegrama tras telegrama preguntando: ¿ha muerto? ¿ha muerto? ¿Qué le parece, Polina Aleksandrovna?

—Todo eso es una tontería —respondió con repugnancia, interrumpiéndome—. Pero me asombra que usted esté de tan buen humor. ¿Por qué está contento? ¿No será por haber perdido mi dinero?

—¿Por qué me lo dio para que lo perdiera? Ya le dije que no puedo jugar por cuenta de otros y mucho menos por la de usted. Obedezco en todo aquello que usted me mande; pero el resultado no depende de mí. Ya le advertí que no resultaría nada positivo. Dígame, ¿le duele haber perdido tanto dinero? ¿Para qué necesita tanto?

—¿A qué vienen estas preguntas?

—¡Pero si usted misma prometió explicarme! Mire, estoy plenamente seguro de que ganaré en cuanto empiece a jugar por mi cuenta (y tengo doce federicos de oro). Entonces pídame cuanto necesite. —Hizo un gesto de desdén.

—No se enfade conmigo —proseguí— por esa propuesta. Estoy tan convencido de que no soy nada para usted, es decir, de que no soy nada a sus ojos, que puede usted incluso tomar dinero de mí. No tiene usted por qué ofenderse de un regalo mío. Además, he perdido su dinero.

Me lanzó una rápida ojeada y, notando que yo hablaba en tono irritado y sarcástico, interrumpió de nuevo la conversación.

–No hay nada que pueda interesarle en mis circunstancias. Si quiere saberlo, es que tengo deudas. He pedido prestado y quisiera devolverlo. He tenido la idea extraña y temeraria de que aquí ganaría irremisiblemente al juego. No sé por qué he tenido esta idea, pero he creído en ella porque no me quedaba otra alternativa.

–O porque era absolutamente necesario ganar. Por lo mismo que el que se ahoga se agarra a una paja. Confiese que si no se ahogara, no creería que una paja es una rama de árbol. –Polina se mostró sorprendida.

–¡Cómo! –exclamó–. ¡Pero si usted también pone sus esperanzas en lo mismo! Hace quince días me dijo usted con muchos pormenores que estaba completamente convencido de que ganaría aquí a la ruleta, y trató de persuadirme de que no le tuviera por loco. ¿Hablaba usted en broma entonces? Recuerdo que hablaba usted con tal seriedad que era imposible creer que era chiste.

–Es cierto –repliqué, pensativo–. Todavía tengo la certeza absoluta de que ganaré. Confieso que me lleva usted ahora a hacerme una pregunta: ¿por qué la pérdida estúpida y vergonzosa de hoy no ha dejado en mí duda alguna? Sigo creyendo a pies juntillas que, tan pronto como empiece a jugar por mi cuenta, ganaré sin falta.

–¿Por qué está tan absolutamente convencido?

–Si puede creerlo, no lo sé. Sólo sé que me es preciso ganar, que ésta es también mi única salida. He aquí quizá por qué tengo que ganar irremisiblemente, o así me lo parece.

–Es decir, que también es necesario para usted, si está tan fanáticamente seguro.

–Apuesto a que duda de que soy capaz de sentir una necesidad seria.

–Me da igual –contestó Polina en voz baja e indiferente–. Bueno, si quiere, sí. Dudo que nada serio le traiga a usted de cabeza. Usted puede atribularse, pero no en serio. Es usted un hombre desordenado, inestable.

¿Para qué quiere el dinero? Entre las razones que adujo usted entonces, no encontré ninguna seria.

—A propósito —interrumpí—, decía usted que necesitaba pagar una deuda. ¡Bonita deuda será! ¿No es con el francés?

—¿Qué preguntas son éstas? Hoy está usted más impertinente que de costumbre. ¿No está borracho?

—Ya sabe que me permito hablar de todo y que pregunto a veces con la mayor franqueza. Repito que soy su esclavo y que no importa lo que dice un esclavo. Además, un esclavo no puede ofender.

—¡Tonterías! No puedo aguantar esa teoría suya sobre la "esclavitud".

—Fíjese en que no hablo de mi esclavitud porque me guste ser su esclavo. Hablo de ella como de un simple hecho que no depende de mí.

—Diga sin rodeos, ¿por qué necesita dinero?

—Y usted, ¿por qué quiere saberlo?

—Como guste —respondió con un movimiento orgulloso de la cabeza.

—No puede usted aguantar la teoría de la esclavitud, pero exige esclavitud: "¡Responder y no razonar!". Bueno, sea. ¿Por qué necesito dinero, pregunta usted? ¿Cómo que por qué? El dinero es todo.

—Comprendo, pero no hasta el punto de caer en tal locura por el deseo de tenerlo. Porque usted llega hasta el frenesí, hasta el fatalismo. En ello hay algo, algún motivo especial. Dígalo sin ambages. Lo quiero. Empezaba por lo visto a enfadarse y a mí me agradaba mucho que me preguntara con acaloramiento.

—Claro que hay un motivo —dije—, pero temo no saber cómo explicarlo. Sólo que con el dinero seré para usted otro hombre, y no un esclavo.

—¿Cómo? ¿Cómo conseguirá usted eso?

—¿Que cómo lo conseguiré? ¿Conque usted no concibe siquiera que yo pueda conseguir que no me mire como a un esclavo? Pues bien, eso es lo que no quiero, esa sorpresa, esa perplejidad.

–Usted decía que consideraba esa esclavitud como un placer. Así lo pensaba yo también.

–Así lo pensaba usted –exclamé con extraño deleite–. ¡Ah, qué deliciosa es esa ingenuidad suya! ¡Conque sí, sí, usted mira mi esclavitud como un placer. Hay placer, sí, cuando se llega al colmo de la humildad y la insignificancia –continué en mi delirio–. ¿Quién sabe? Quizá lo haya también en el knut cuando se hunde en la espalda y arranca tiras de carne... Pero quizá quiero probar otra clase de placer. Hoy, a la mesa, en presencia de usted, el general me predicó un sermón a cuenta de los setecientos rublos anuales que ahora puede que no me pague. El marqués Des Grieux me mira alzando las cejas, y ni me ve siquiera. Y yo, por mi parte, quizá tenga un deseo vehemente de tirar de la nariz al marqués Des Grieux en presencia de usted.

–Palabras propias de un mocoso. En toda situación es posible comportarse con dignidad. Si hay lucha, que sea noble y no humillante.

–Eso viene derechito de un manual de caligrafía. Usted supone sin más que no sé portarme con dignidad. Es decir, que podré ser un hombre digno, pero que no sé portarme con dignidad. Comprendo que quizá sea verdad. Sí, todos los rusos son así y le diré por qué: porque los rusos están demasiado bien dotados, son demasiado versátiles, para encontrar de momento una forma de la buena crianza. Es cuestión de forma. La mayoría de nosotros, los rusos, estamos tan bien dotados que necesitamos genio para lograr una forma de la buena crianza. Ahora bien, lo que más a menudo falta es el genio, porque en general se da raramente. Sólo entre los franceses y quizá entre algunos otros europeos, está tan bien definida la buena crianza que una persona puede tener un aspecto dignísimo y ser totalmente indigna. De ahí que la forma signifique tanto para ellos. El francés aguanta un insulto, un insulto auténtico y directo, sin pestañear, pero no tolerará un papirotazo en la nariz, porque ello es una violación de la forma recibida y consagrada de la buena crianza. De ahí la afición de nuestras mocitas rusas a los franceses, porque los modales de éstos son impecables. A mi modo de ver, sin embargo, no tienen buena crianza, sino sólo "gallo", *le coq gaulois*. Pero claro, yo no comprendo eso porque no soy mujer. Quizá los gallos tienen también buenos modales. Está visto que estoy desbarrando y que no me para usted los pies. Interrúmpame más a menudo. Cuando hablo con usted quiero decirlo todo, todo, todo. Pierdo todo sentido de lo que son los buenos modales; hasta convengo en que no sólo no tengo buenos modales, sino ni dignidad siquiera. Se lo explicaré. No me preocupo en lo más mínimo de las cualidades morales. Ahora en mí todo está como detenido. Usted misma sabe por qué. No tengo en la cabeza un solo pensamiento humano. Hace ya mucho que no sé lo que sucede en el mundo, ni en Rusia ni aquí. He pasado por Dresde y ni recuerdo cómo es Dresde. Usted misma sabe lo que me ha sorbido el seso. Como no abrigo ninguna esperanza y soy un cero a los ojos de usted, hablo sin rodeos. Dondequiera que estoy sólo veo a usted, y lo demás me importa un comino. No sé por qué ni cómo la quiero. ¿Sabe? Quizá no tiene usted nada de guapa. Figúrese que ni tengo idea de si es usted hermosa de cara. Su corazón, huelga decirlo, no tiene nada de hermoso y acaso sea usted innoble de espíritu.

—¿Es por eso por lo que quiere usted comprarme con dinero? —preguntó—. ¿Porque no cree en mi nobleza de espíritu?

—¿Cuándo he pensado en comprarla con dinero? —grité.

—Se le ha ido la lengua y ha perdido el hilo. Si no comprarme a mí misma, sí piensa comprar mi respeto con dinero.

—¡Que no, de ningún modo! Ya le he dicho que me cuesta trabajo explicarme. Usted me abruma. No se enfade con mi cháchara. Usted comprende por qué no vale la pena enojarse conmigo: estoy sencillamente loco. Pero, por otra parte, me da lo mismo que se enfade usted. Allá arriba, en mi cuchitril, me basta sólo recordar e imaginar el rumor del vestido de usted y ya estoy para morderme las manos. ¿Y por qué se enfada conmigo? ¿Porque me llamo su esclavo? ¡Aprovéchese, aprovéchese de mi esclavitud, aprovéchese de ella! ¿Sabe que la mataré algún día? Y no la mataré por haber dejado de quererla, ni por celos; la mataré sencillamente porque siento ganas de comérmela. Usted se ríe...

—No me río, no, señor —dijo indignada—. Le mando que se calle.

Se detuvo, con el aliento entrecortado por la ira. ¡Por Dios vivo que no sé si era hermosa! Lo que si sé es que me gustaba mirarla cuando se encaraba conmigo así, por lo que a menudo me agradaba provocar su enojo. Quizá ella misma lo notaba y se enfadaba de propósito. Se lo dije.

—¡Qué porquería! —exclamó con repugnancia.

—Me es igual —proseguí—. Sepa que hay peligro en que nos paseemos juntos; más de una vez he sentido el deseo irresistible de golpearla, de desfigurarla, de estrangularla. ¿Y cree usted que las cosas no llegarán a ese extremo? Usted me lleva hasta el arrebato. ¿Cree que temo el escándalo? ¿El enojo de usted? ¿Y a mí qué me importa su enojo? Yo la quiero sin esperanza y sé que después de esto la querré mil veces más. Si algún día la mato tendré que matarme yo también (ahora bien, retrasaré el matarme lo más posible para sentir el dolor intolerable de no tenerla). ¿Sabe usted una cosa increíble? Que con cada día que pasa la quiero a usted más, lo que es casi imposible. Y después de esto, ¿cómo puedo dejar de ser fatalista? Recuerde que anteayer, provocado por usted, le dije en el Schlangenberg que con sólo pronunciar usted una palabra me arrojaría al abismo. Si la hubiera pronunciado me habría lanzado. ¿No cree usted que lo hubiera hecho?

—¡Qué cháchara tan estúpida! —exclamó.

—Me da igual que sea estúpida o juiciosa —respondí—. Lo que sé es que en presencia de usted necesito hablar, hablar, hablar... y hablo. Ante usted pierdo por completo el amor propio y todo me da lo mismo.

—¿Y con qué razón le mandaría tirarse desde el Schlangenberg? Eso para mí no tendría ninguna utilidad.

—¡Magnífico! —exclamé—. De propósito, para aplastarme, ha usado usted esa magnífica expresión "ninguna utilidad". Para mí es usted transparente. ¿Dice que "ninguna utilidad"? La satisfacción es siempre útil; y el poder feroz sin cortapisas, aunque sea sólo sobre una mosca, es también una forma especial de placer. El ser humano es déspota por naturaleza y muy aficionado a ser verdugo. Usted lo es en alto grado.

Recuerdo que me miraba con atención reconcentrada. Mi rostro, por lo visto, expresaba en ese momento todos mis sentimientos absurdos e incoherentes. Recuerdo todavía que nuestra conversación de entonces fue en efecto, casi palabra por palabra, como aquí queda descrita. Mis ojos estaban inyectados de sangre. En las comisuras de mis labios espumajeaba la saliva. Y en lo tocante al Schlangenberg, juro por mi honor, aun en este instante, que si me hubiera mandado que me tirara ¡me hubiera tirado! Aunque ella sólo lo hubiera dicho en broma, por desprecio, escupiendo las palabras, ¡me hubiera tirado entonces!

—No, pero sí le creo —concedió, pero de la manera en que a veces ella se expresa, con tal desdén, con tal rencor, con tal altivez, que vive Dios que podría matarla en ese momento. Ella cortejaba el peligro. Yo tampoco mentía al decírselo.

—¿Usted no es cobarde? —me preguntó de pronto.

—No sé; quizá lo sea. No sé...; hace tiempo que no he pensado en ello.

—Si yo le dijera: "mate a esa persona", ¿la mataría usted?

—¿A quién?

—A quien yo quisiera.

—¿Al francés?

—No pregunte. Conteste. A quien yo le indicara. Quiero saber si hablaba usted en serio hace un momento.

Aguardaba la contestación con tal seriedad e impaciencia que todo ello me pareció un tanto extraño.

—¡Pero acabemos, dígame qué es lo que pasa aquí! —exclamé—. ¿Es que me teme usted? Veo bien la confusión que reina aquí. Usted es hijastra de un hombre loco y arruinado, a quien ha envenenado la pasión por ese diablo de mujer, Blanche. Luego está ese francés con su místeriosa influencia sobre usted y he aquí que ahora me hace usted seriamente una pregunta... insólita. Por lo menos tengo que saber qué hay; de lo contrario me haré un lío y meteré la pata. ¿O es que le da a usted vergüenza de honrarme con su franqueza? ¿Pero es posible que tenga usted vergüenza de mí?

—No le hablo a usted en absoluto de eso. Le he hecho una pregunta y espero contestación.

—Claro que mataría a quien me mandara usted —exclamé—, pero ¿es posible que... es posible que usted mande tal cosa?

—¿Qué se cree? ¿Que le tendré lástima? Se lo mandaré y escurriré el bulto. ¿Aguantará eso? ¡Claro que no podrá aguantarlo! Puede que matara usted cumpliendo la orden, pero vendría a matarme a mí por haberme atrevido a dársela.

Tales palabras me dejaron casi atontado. Por supuesto, yo pensaba que me hacía la pregunta medio en broma, para provocarme, pero había hablado con demasiada seriedad. De todos modos, me asombró que se expresara así, que tuviera tales derechos sobre mi persona, que consintiera en ejercer tal ascendiente sobre mí y que dijera tan sin rodeos: "Ve a tu perdición, que yo me echaré a un lado". En esas palabras había tal cinismo y desenfado que la cosa pasaba de castaño oscuro. Porque, vamos a ver, ¿qué opinión tenía de mí? Esto rebasaba los límites de la esclavitud y la humillación. Opinar así de un hombre es ponerlo al nivel de quien opina. Y a pesar de lo absurdo e inverosímil de nuestra conversación, el corazón me temblaba. De pronto soltó una carcajada. Estábamos sentados en el banco, junto a los niños, que seguían jugando, de cara al lugar donde se detenían los carruajes para que se apeara la gente en la avenida que había delante del Casino.

—¿Ve usted a esa baronesa gorda? —preguntó—. Es la baronesa Burmerhelm. Llegó hace sólo tres días. Mire a su marido: ese prusiano seco y larguirucho con un bastón en la mano. ¿Recuerda cómo nos miraba anteayer? Vaya usted al momento, acérquese a la baronesa, quítese el sombrero y dígale algo en francés.

—¿Para qué?

—Usted juró que se tiraría desde lo alto del Schlangenberg. Usted jura que está dispuesto a matar si se lo ordeno. En lugar de muertes y tragedias quiero sólo pasar un buen rato. Vaya, no hay "pero" que valga. Quiero ver cómo le apalea a usted el barón.

—Usted me provoca. ¿Cree que no lo haré?

—Sí, lo provoco. Vaya. Así lo quiero.

—Perdone, voy, aunque es un capricho absurdo. Sólo una cosa: ¿qué hacer para que el general no se lleve un disgusto o no se lo dé a usted? Palabra que no me preocupo por mí, sino por usted... y, bueno, por el general. ¿Y qué antojo es éste de ir a insultar a una mujer?

—Ya veo que se le va a usted la fuerza por la boca —dijo con desdén—. Hace un momento tenía usted los ojos inyectados de sangre, pero quizá sólo porque había bebido demasiado vino con la comida. ¿Cree que no me doy cuenta de que esto es estúpido y grosero y que, el general se va a enfadar? Quiero sencillamente reírme; lo quiero y basta. ¿Y para qué insultar a una mujer? Para que, cuanto antes, le den a usted una paliza.

Giré sobre los talones y, en silencio, fui a cumplir su encargo. Sin duda era una acción estúpida, y por supuesto no sabía cómo evitarla, pero recuerdo que cuando me acercaba a la baronesa algo en mí mismo parecía azuzarme, algo así como la picardía de un colegial. Me sentía totalmente desquiciado, igual que si estuviera borracho.

Capítulo VI

Pasaron veinticuatro horas desde ese día estúpido, ¡y cuánto alboroto, escándalo y afectación! ¡Qué confusión, qué embrollo, qué necedad, qué ordinariez ha habido en esto, de todo lo cual yo fui la causa! A veces, sin embargo, me parece cosa de risa, a mí por lo menos. No consigo explicarme lo que sucedió: ¿estaba, en efecto, fuera de mí o simplemente me salí un momento del carril y me porté como un tonto merecedor de que lo aten? A veces me parece que estoy mal de la cabeza, pero otras creo que soy un niño que nunca se alejó demasiado del banco escolar, y que lo que hago son sólo vulgares chiquilinadas de escolar. Fue Polina, todo fue obra de ella. Sin Polina no hubieran existido esas travesuras. ¡Quién sabe! Acaso lo hice por desesperación (por muy necio que parezca suponerlo). No comprendo, no comprendo en qué consiste su atractivo. Es hermosa, debe serlo, porque vuelve locos a otros hombres. Alta y bien plantada, sólo que muy delgada. Tengo la impresión de que puede hacerse un nudo con ella o plegarla en dos. Su pie es largo y estrecho —una tortura, eso es, una tortura—. Su pelo tiene un ligero tinte rojizo. Los ojos, auténticamente felinos ¡y con qué orgullo y altivez sabe mirar con ellos! Hace cuatro meses, a raíz de mi llegada, estaba ella hablando una noche en la sala con Des Grieux. La conversación era acalorada. Y ella le miraba de tal modo... que más tarde, cuando fui a acostarme, saqué la conclusión de que acababa de darle una bofetada. Estaba de pie ante él y mirándole... Desde esa noche la quiero. Pero vamos al caso. Por una vereda entré en la avenida, me planté en medio de ella y me puse a esperar al barón y la baronesa. Cuando estuvieron a cinco pasos de mí me quité el sombrero y me incliné. Recuerdo que la baronesa llevaba un vestido de seda de mucho vuelo, gris oscuro, con volante de crinolina y cola. Era mujer pequeña y de corpulencia poco común, con una papada gruesa y colgante que impedía verle el cuello. Su rostro era de un rojo subido; los ojos eran pequeños, malignos e insolentes. Caminaba como si tuviera derecho a todos los honores. El marido era alto y seco. Como ocurre a menudo entre los alemanes, tenía la cara torcida y cubierta de un sinfín de pequeñas arrugas. Usaba lentes. Tendría unos cuarenta y cinco años. Las piernas casi le empezaban en el pecho mismo, señal de casta. Ufano como pavo real. Un tanto desmañado. Había algo de carnero en la expresión de su rostro que alguien podría tomar por sabiduría. Todo esto cruzó ante mis ojos en tres segundos. Mi inclinación de cabeza y mi sombrero en la mano atrajeron poco a poco la atención de la pareja. El barón contrajo ligeramente las cejas. La baronesa navegaba derecha hacia mí. —*Madame la baronne* —articulé claramente en voz alta, acentuando cada palabra—, *j'ai l'honneur d'être votre esclave*. Me incliné, me puse el sombrero y pasé junto al barón, volviendo mi rostro hacia él y sonriendo cortésmente. Polina me había ordenado que me quitara el sombrero, pero la inclinación de cabeza y el resto de la faena eran de mi propia cosecha. El diablo sabe lo que me impulsó a hacerlo. Fue sencillamente un patinazo.

–*Hein*! –gritó o, mejor dicho, graznó el barón, volviéndose hacia mí con mortificado asombro. Yo también me volví y me detuve en respetuosa espera, sin dejar de mirarle y sonreír. Él, por lo visto, estaba perplejo y alzó desmesuradamente las cejas. Su rostro se iba volviendo cada vez más tenebroso. La baronesa se volvió también hacia mí y me miró asimismo con irritada sorpresa. Algunos de los transeúntes se pusieron a observarnos. Otros hasta se detuvieron.

–*Hein*! –graznó de nuevo el barón, con redoblado volumen y redoblada furia.

–*Ja wohl* –dije yo, arrastrando las sílabas sin apartar mis ojos de los suyos.

–*Sind Sie rasend?* –gritó enarbolando el bastón y empezando por lo visto a acobardarse. Quizá lo desconcertaba mi atavío. Yo estaba vestido muy pulcramente, hasta con atildamiento, como hombre de la mejor sociedad.

–*Ja wo-o-ohl!* –exclamé de pronto a voz en cuello, arrastrando la o a la manera de los berlineses, quienes a cada instante introducen en la conversación las palabras *ja wohl*, alargando más o menos la o para expresar diversos matices de pensamiento y emoción. El barón y la baronesa, atemorizados, giraron sobre sus talones rápidamente y casi salieron huyendo. De los circunstantes, algunos hacían comentarios y otros me miraban estupefactos. Pero no lo recuerdo bien. Yo di la vuelta y a mi paso acostumbrado me dirigí a Polina Aleksandrovna; pero aún no había cubierto cien pasos de la distancia que me separaba de su banco cuando vi que se levantaba y se encaminaba con los niños al hotel. La alcancé en la escalinata.

–He llevado a cabo... la payasada –dije cuando estuve a su lado.

–Bueno, ¿y qué? Ahora arrégleselas como pueda –respondió sin mirarme y se dirigió a la escalera.

Toda esa tarde estuve paseando por el parque. Atravesándolo y atravesando después un bosque, llegué a un principado vecino. En una cabaña tomé unos huevos revueltos y vino. Por este idilio me cobraron nada menos que un tálero y medio. Eran ya las once cuando regresé a casa. En seguida vinieron a buscarme porque me llamaba el general. Nuestra gente ocupa en el hotel dos apartamentos con un total de cuatro habitaciones. La primera es grande, un salón con piano. Junto a ella hay otra, amplia, que es el gabinete del general, y en el centro de ella me estaba esperando éste de pie, en actitud majestuosa. Des Grieux estaba arrebañado en un diván.

—Permítame preguntarle, señor mío, qué ha hecho usted —dijo para empezar el general, volviéndose hacia mí.

—Desearía, general, que me dijera sin rodeos lo que tiene que decirme. ¿Usted probablemente quiere aludir a mi encuentro de hoy con cierto alemán?

—¿Con cierto alemán? Ese alemán es el barón Burmerhelm, un personaje importante, señor mío. Usted se ha portado groseramente con él y con la baronesa.

—No, señor, nada de eso.

—Los ha asustado usted.

—Repito que no, señor. Cuando estuve en Berlín me chocó oír constantemente tras cada palabra la expresión *ja wohl!* que allí pronuncian arrastrándola de una manera desagradable. Cuando tropecé con ellos en la avenida me acordé de pronto, no sé por qué, de ese *ja wohl!* y el recuerdo me irritó... Sin contar que la baronesa, tres veces ya, al encontrarse conmigo, tiene la costumbre de venir directamente hacia mí, como si yo fuera un gusano que se puede aplastar con el pie. Convenga en que yo también puedo tener amor propio. Me quité el sombrero y cortésmente (le aseguro que cortésmente) le dije: *Madame, j'ai l'honneur d'être votre esclave.* Cuando el barón se volvió y gritó *hein!*, de repente me dieron ganas de gritar *ja wohl.* Lo grité dos veces: la primera, de manera corriente, y la segunda, arrastrando la frase lo más posible. Eso es todo.

Confieso que quedé muy contento de esta explicación propia de un mozalbete. Deseaba ardientemente alargar esta historia de la manera más absurda posible.

—¿Se ríe usted de mí? —exclamó el general. Se volvió al francés y le dijo en francés que yo, sin duda, insistía en dar un escándalo. Des Grieux se rió desdeñosamente y se encogió de hombros.

—¡Oh, no lo crea! ¡No es así ni mucho menos! —exclamé—; mi proceder, por supuesto, no ha sido bonito, y lo reconozco con toda franqueza. Cabe incluso decir que ha sido una majadería, una travesura de colegial, pero nada más. Y sepa usted, general, que me arrepiento de todo corazón. Pero en ello hay una circunstancia que, a mi modo de ver, casi me exime del arrepentimiento. Recientemente, en estas últimas dos o tres semanas, no estoy bien: me siento enfermo, nervioso, irritado, antojadizo, y en más de una ocasión pierdo por completo el dominio sobre mí mismo. A decir verdad, algunas veces he sentido el deseo vehemente de abalanzarme sobre el marqués Des Grieu y... En fin, no hay por qué acabar la frase; podría ofenderse. En suma, son síntomas de una enfermedad. No sé si la baronesa Burmerhelm tomará en cuenta esta circunstancia cuando le presente mis excusas (porque tengo la intención de presentarle mis excusas). Sospecho que no, que últimamente se ha empezado a abusar de esta circunstancia en el campo jurídico. En las causas criminales, los abogados tratan a menudo de justificar a sus clientes alegando que en el momento de cometer el delito no se acordaban de nada, lo que bien pudiera ser una especie de enfermedad: "Asestó el golpe —dicen— y no recuerda nada". Y figúrese, general, que la medicina les da la razón, que efectivamente corrobora la existencia de tal enfermedad, de una ofuscación pasajera en que el individuo no recuerda casi nada, o recuerda la mitad o la cuarta parte de lo sucedido. Pero el barón y la baronesa son gentes chapadas a la antigua, sin contar que son *junker* prusianos y terratenientes. Lo probable es que todavía ignoren ese progreso en el campo de la medicina legal y que, por lo tanto, no acepten mis explicaciones. ¿Qué piensa usted, general?

—¡Basta, caballero! —dijo el general en tono áspero y con indignación mal contenida—. ¡Basta ya! Voy a intentar de una vez para siempre librarme de sus chiquilladas. No presentará usted sus excusas a la baronesa y el barón. Toda relación con usted, aunque sea sólo para pedirles perdón, será humillante para ellos. El barón, al enterarse de que pertenece usted a mi casa, ha tenido una conversación conmigo en el Casino, y confieso que faltó poco para que me pidiera una satisfacción. ¿Se da usted cuenta de la situación en que me ha puesto usted a mí, a mí, señor mío? Yo, yo mismo he tenido que pedir perdón al barón y darle mi palabra de que en seguida, hoy mismo, dejará usted de pertenecer a mi casa...

—Un momento, un momento, general, ¿conque ha sido él mismo quien ha exigido que yo deje de pertenecer a la casa de usted, para usar la frase de que usted se sirve?

—No, pero yo mismo me consideré obligado a darle esa satisfacción y, por supuesto, el barón quedó satisfecho. Nos vamos a separar, señor mío. A usted le corresponde percibir de mí estos cuatro federicos de oro y tres florines, según el cambio vigente. Aquí está el dinero y un papel con la cuenta; puede usted comprobar la suma. Adiós. De ahora en adelante somos extraños uno para el otro. Salvo inquietudes y molestias no le debo a usted nada más. Voy a llamar al hotelero para informarle que desde mañana no respondo de los gastos de usted en el hotel. Servidor de usted.

Tomé el dinero y el papel en que estaba apuntada la cuenta con lápiz, me incliné ante el general y le dije muy seriamente:

—General, el asunto no puede acabar así. Siento mucho que haya tenido usted un disgusto con el barón, pero, con perdón, usted mismo tiene la culpa de ello. ¿Por qué se le ocurrió responder de mí ante el barón? ¿Qué quiere decir eso de que pertenezco a la casa de usted? Yo soy sencillamente un tutor en casa de usted, nada más. No soy hijo de usted, no estoy bajo su tutela y no puede usted ser responsable de mis acciones. Soy persona jurídicamente competente. Tengo veinticinco años, poseo el título de licenciado, soy de familia noble y enteramente extraño a usted. Sólo la profunda estima que profeso a su dignidad me impide exigirle ahora una satisfacción y pedirle, además, que explique por qué se arrogó el derecho de contestar por mí al barón.

El general quedó tan estupefacto que puso los brazos en cruz, se volvió de repente al francés y apresuradamente le hizo saber que yo casi le había retado a un duelo. El francés lanzó una estrepitosa carcajada.

—Al barón, sin embargo, no pienso soltarle así como así —proseguí con toda sangre fría, sin hacer el menor caso de la risa de M. Des Grieux—; y ya que usted, general, al acceder hoy a escuchar las quejas del barón y tomar su partido, se ha convertido, por así decirlo, en partícipe de este asunto, tengo el honor de informarle que mañana por la mañana a lo más tardar exigiré del barón, en mi propio nombre, una explicación en debida forma de por qué, siendo yo la persona con quien tenía que tratar, me pasó por alto para tratar con otra —como si yo no fuera digno o no pudiera responder por mí mismo.

Sucedió lo que había previsto. El general, al oír esta nueva majadería, se acobardó horriblemente.

—¿Cómo? ¿Es posible que se empeñe todavía en prolongar este condenado asunto? —exclamó—. ¡Ay, Dios mío! ¿Pero qué hace usted conmigo? ¡No se atreva usted, no se atreva, señor mío, o le juro que... También aquí hay autoridades y yo... yo... por mi posición social... y el barón también... en una palabra, que lo detendrán a usted y que la policía le expulsará de aquí para que no alborote. ¡Téngalo presente!

Y si bien hablaba con voz entrecortada por la ira, estaba terriblemente acobardado.

–General –respondí con una calma que le resultaba intolerable–, no es posible detener a nadie por alboroto hasta que el alboroto mismo se produzca. Todavía no he iniciado mis explicaciones con el barón y usted no sabe en absoluto de qué manera y sobre qué supuestos pienso proceder en este asunto. Sólo deseo esclarecer la suposición, que estimo injuriosa para mí, de que me encuentro bajo la tutela de una persona que tiene dominio sobre mi libertad de acción. No tiene usted, pues, por qué preocuparse o alarmarse.

–¡Por Dios santo, por Dios santo, Aleksei Ivanovich, abandone ese propósito insensato! –murmuró el general, cambiando súbitamente su tono airado en otro de súplica, e incluso cogiéndome de las manos–. ¡Imagínese lo que puede resultar de esto! ¡Más disgustos! ¡Usted mismo convendrá en que debo conducirme aquí de una manera especial, sobre todo ahora!... ¡Sobre todo ahora!... ¡Ay, usted no conoce, no conoce, todas mis circunstancias! Cuando nos vayamos de aquí estoy dispuesto a contratarle de nuevo. Hablaba sólo de ahora... En fin, usted conoce los motivos! –gritó desesperado–. ¡Aleksei Ivanovich, Aleksei Ivanovich!

Una vez más, desde la puerta, le dije con voz firme que no se preocupara, le prometí que todo se haría pulcra y decorosamente, y me apresuré a salir. A veces los rusos que están en el extranjero se muestran demasiado pusilánimes, temen sobremanera el qué dirán, la manera en que la gente los mira, y se preguntan si es decoroso hacer esto o aquello; en fin, viven como encorsetados, sobre todo cuando aspiran a distinguirse. Lo que más les agrada es cierta pauta preconcebida, establecida de una vez para siempre, que aplican servilmente en los hoteles, en los paseos, en las reuniones, cuando van de viaje... Ahora bien, al general se le escapó sin querer el comentario de que, además de eso, había otras circunstancias particulares, de que le era preciso "conducirse de manera algo especial". De ahí que se apocara tan de repente y cambiara de tono conmigo. Yo lo observé y tomé nota mental de ello. Y como, sin duda, por pura necedad, él podía apelar mañana a las autoridades, me era preciso tomar precauciones. Por otra parte, yo en realidad no quería enfurecer al general; pero sí quería enfurecer a Polina. Polina me había tratado tan cruelmente, me había puesto en situación tan estúpida que quería obligarla a que me pidiera ella misma que cesara en mis actos. Mis travesuras podían llegar a comprometerla, sin contar que en mí iban surgiendo otras emociones y apetencias; porque si ante ella me veo reducido voluntariamente a la nada, eso no significa que sea un "gallina" ante otras gentes, ni por supuesto que pueda el barón "darme de bastonazos". Lo que yo deseaba era reírme de todos ellos y salir victorioso en este asunto. ¡Que mirasen bien! Quizá ella se asustaría y me llamaría de nuevo. Y si no lo hacía, vería de todos modos que no soy un "gallina". (Noticia sorprendente: acaba de decirme la niñera, con quien he tropezado en la escalera, que Marya Filippovna ha salido sola, en el tren de esta noche, para Karlsbad con el fin de visitar a una prima suya. ¿Qué significa esto? La niñera dice que venía preparando el viaje desde hacía tiempo, pero ¿cómo es que nadie lo sabía? Aunque bien pudiera ser que yo fuese el único en no saberlo. La niñera me ha dicho, además, que anteayer Marya Filippovna tuvo una disputa con el general. Lo comprendo. El tema, sin duda, fue *mademoiselle* Blanche. Sí, algo decisivo va a ocurrir aquí).

Capítulo VII

Al día siguiente llamé a la recepción del hotel y solicité que preparasen mi cuenta por separado. Mi habitación no era lo bastante cara para alarmarme y obligarme a abandonar el hotel. Contaba con diecisiete federicos de oro, y allí... allí estaba quizá la riqueza. Lo curioso era que todavía no había ganado, pero sentía, pensaba y obraba como un hombre rico y no podía imaginarme de otro modo. A pesar de lo temprano de la hora, me disponía a ir a ver a míster Astley en el Hotel d'Angleterre, cercano al nuestro, cuando inopinadamente se presentó Des Grieux. Esto no había sucedido nunca antes; más aún, mis relaciones con este caballero habían sido últimamente harto raras y tirantes. Él no se recataba para mostrarme su desdén, mejor dicho, se esforzaba por mostrármelo; y yo, por mi parte, tenía mis razones para no manifestarle aprecio. En una palabra, le detestaba. Su llegada me llenó de asombró. Me percaté en el acto de que sucedía algo especial. Entró muy amablemente y me dijo algo lisonjero acerca de mi habitación. Al verme con el sombrero en la mano, me preguntó si salía de paseo a una hora tan temprana. Al oír que iba a visitar a míster Astley para hablar de negocios, pensó un instante, caviló, y su rostro reflejó la más aguda preocupación. Des Grieux era como todos los franceses, a saber, festivo y amable cuando serlo es necesario y provechoso, y fastidioso a más no poder cuando ser festivo y amable deja de ser necesario. Raras veces es el francés naturalmente amable; lo es siempre, como si dijéramos, por exigencia, por cálculo. Si, pongamos por caso, juzga indispensable ser fantasioso, original, extravagante, su fantasía resulta sumamente necia y artificial y reviste formas aceptadas y gastadas por el uso repetido. El francés natural es la encarnación del pragmatismo más angosto, mezquino y cotidiano, en una palabra, es el ser más fastidioso de la tierra. A mi juicio, sólo las gentes sin experiencia, y en particular las jovencitas rusas, se sienten cautivadas por los franceses. A toda persona como Dios manda le es familiar e inaguantable este convencionalismo, esta forma preestablecida de la cortesía de salón, de la desenvoltura y de la jovialidad.

–Vengo a hablarle de un asunto –empezó diciendo con excesiva soltura, aunque con amabilidad– y no le ocultaré que vengo como embajador, o, mejor dicho, como mediador, del general. Como conozco el ruso muy mal, no comprendí casi nada anoche; pero el general me dio explicaciones detalladas, y confieso que...

–Escuche, *monsieur* Des Grieux –le interrumpí–. Usted ha aceptado en este asunto el oficio de mediador. Yo, claro, soy un *outchitel* y nunca he aspirado al honor de ser amigo íntimo de esta familia o de establecer relaciones particularmente estrechas con ella; por lo tanto, no conozco todas las circunstancias. Pero ilumíneme: ¿es que es usted ahora, con todo rigor, miembro de la familia? Porque como veo que toma usted una parte tan activa en todo, que es indefectiblemente mediador en tantas cosas...

No le agradó mi pregunta. Le resultaba demasiado transparente, y no quería irse de la lengua.

–Me ligan al general, en parte, ciertos asuntos, y, en parte, también, algunas circunstancias personales –dijo con sequedad–. El general me envía a rogarle que desista de lo que proyectaba ayer. Lo que usted urdía era, sin duda, muy ingenioso; pero el general me ha pedido expresamente que indique a usted que no logrará su objeto. Por añadidura, el barón no le recibirá, y, en definitiva, cuenta con medios de librarse de toda futura importunidad por parte de usted. Convenga en que es así. Dígame, pues, de qué sirve persistir. El general promete que, con toda seguridad, le repondrá a usted en su puesto en la primera ocasión oportuna y que hasta esa fecha le abonará sus honorarios, *vos appointements*. Esto es bastante ventajoso, ¿no le parece?

Yo le repliqué con calma que se equivocaba un tanto; que bien podía ser que no me echasen de casa del barón; que, por el contrario, quizá me escuchasen; y le pedí que confesara que había venido probablemente para averiguar qué medidas pensaba tomar yo en este asunto.

–¡Por Dios santo! Puesto que el general está tan implicado, claro que le gustará saber qué hará usted y cómo lo hará. Eso es natural.

Yo me dispuse a darle explicaciones y él, arrellanándose cómodamente, se dispuso a escucharlas, ladeando la cabeza un poco hacia mí, con un evidente y manifiesto gesto de ironía en el rostro. De ordinario me miraba muy por encima del hombro. Yo hacía todo lo posible por fingir que ponderaba el caso con toda la seriedad que requería. Dije que, puesto que el barón se había quejado de mí al general como si yo fuera un criado de éste, me había hecho perder mi colocación, en primer lugar, y, en segundo, me había tratado como persona incapaz de responder por sí misma y con quien ni siquiera valía la pena hablar. Por supuesto que me sentía ofendido, y con sobrado motivo; pero, en consideración de la diferencia de edad, del nivel social, etc., etc. (y aquí apenas podía contener la risa), no quería aventurarme a una chiquillada más, como sería exigir satisfacción directamente del barón o incluso sencillamente sugerir que me la diera. De todos modos, me juzgaba con derecho a ofrecerle mis excusas, a la baronesa en particular, tanto más cuanto que últimamente me sentía de veras indispuesto, desquiciado y, por así decirlo, antojadizo, etc., etc. No obstante, el barón, con su apelación de ayer al general, ofensiva para mí, y su empeño en que el general me privase de mi empleo, me había puesto en situación de no poderles ya ofrecer a él y a la baronesa mis excusas, puesto que él, y la baronesa, y todo el mundo pensarían de seguro que lo hacía por miedo, a fin de ser repuesto en mi cargo. De aquí que yo estimase necesario pedir ahora al barón que fuera él quien primero me ofreciera excusas, en los términos más moderados, diciendo, por ejemplo, que no había querido ofenderme en absoluto; y que cuando el barón lo dijera, yo por mi parte, como sin darle importancia, le presentaría cordial y sinceramente mis propias excusas. En suma –dije en conclusión–, sólo pedía que el barón me ofreciera una salida.

–¡Uf, qué escrupulosidad y qué finura! ¿Y por qué tiene usted que disculparse? Vamos, *monsieur*; reconozca, *monsieur*... que lo hace usted adrede para molestar al general... y quizá con otras miras personales... *mon cher monsieur, pardon, j'ai oublié votre nom, monsieur Alexis?.. n'est-ce pas?*

–Pero, perdón, *mon cher marquis*, ¿a usted qué le va en ello?

–*Mais le général..*

–Él dijo algo ayer de que tenía que conducirse de cierta manera... y que estaba inquieto... pero yo no comprendí nada.

–Aquí hay efectivamente una circunstancia personal –dijo Des Grieux con tono suplicante en el que se notaba cada vez más la mortificación–. ¿Usted conoce a *mademoiselle* de Cominges?

–¿Quiere usted decir *mademoiselle* Blanche?

–Pues si, *mademoiselle* Blanche de Cominges... *et madame sa mère...*; reconozca que el general... para decirlo de una vez, que el general está enamorado y que hasta es posible que se celebre la boda aquí. Imagínese que en tal ocasión hay escándalos, historias...

—No veo escándalos ni historias que tengan relación con la boda.

—Pero *le baron est si irascible, un caractère prussien, vous savez, enfin, il fera une querelle d'Allemand.*

—Pero a mí y no a ustedes, puesto que yo ya no pertenezco a la casa... —Yo trataba adrede de parecer lo más torpe posible—. Pero, perdón, ¿ya está resuelto que *mademoiselle* Blanche se casa con el general? ¿A qué esperan? Quiero decir.. ¿a qué viene ocultarlo, por lo menos de nosotros, la gente de la casa?

—A usted no puedo... es que todavía no está por completo ... ; sin embargo... usted sabe que esperan noticias de Rusia; el general necesita arreglar algunos asuntos...

—¡Ah, ah! ¡la *baboulinka*!

Des Grieux me miró con encono.

—En fin —interrumpió—, confío plenamente en su congénita amabilidad, en su inteligencia, en su tacto...; al fin y al cabo, lo haría usted por una familia en la que fue recibido como pariente, querido, respetado...

—¡Perdone, he sido despedido! Usted afirma ahora que fue por salvar las apariencias; pero reconozca que si le dicen a uno: "No quiero, por supuesto, tirarte de las orejas, pero para salvar las apariencias deja que te tire de ellas...". ¿No es lo mismo?

—Pues si es así, si ninguna súplica influye sobre usted —dijo con severidad y arrogancia—, permítame asegurarle que se tomarán ciertas medidas. ¡Aquí hay autoridades que le expulsarán hoy mismo, que *diablel, un blanc-bec comme vous* desafiar a un personaje como el barón! ¿Cree usted que le van a dejar en paz? Y, créame, aquí nadie le teme a usted. Si he venido a suplicarle ha sido por cuenta propia, porque ha molestado usted al general. ¿De veras cree usted, de veras, que el barón no mandará a un lacayo que le eche a usted a la calle?

–¡Pero si no soy yo quien irá! –respondí con insólita calma–. Se equivoca usted, *monsieur* Des Grieux. Todo esto se arreglará mucho más decorosamente de lo que usted piensa. Ahora mismo voy a ver a míster Astley para pedirle que sea mi segundo, mi *second*. Ese señor me tiene aprecio y probablemente no rehusará. Él irá a ver al barón y el barón lo recibirá. Aunque yo soy sólo un outchitel y parezco hasta cierto punto un subalterno, y aunque en definitiva carezco de protección, míster Astley es sobrino de un lord, de un lord auténtico, todo el mundo lo sabe, lord Pibrock, y ese lord está aquí. Puede usted estar seguro de que el barón se mostrará cortés con míster Astley y le escuchará. Y si no le escucha, míster Astley lo considerará como un insulto personal (ya sabe usted lo tercos que son los ingleses) y enviará a un amigo suyo al barón –y por cierto tiene buenos amigos–. Calcule usted ahora que puede pasar algo distinto de lo que piensa.

El francés quedó claramente sobrecogido; efectivamente, todo esto tenía visos de verdad; por consiguiente yo podía muy bien provocar un disgusto.

–Le imploro que deje todo –dijo con voz verdaderamente suplicante–. A usted le agradaría que ocurriera algo desagradable. No es una satisfacción lo que usted busca, sino una contrariedad. Ya he dicho que todo esto es divertido y aun ingenioso que bien pudiera ser lo que usted busca. En fin –terminó diciendo al ver que me levantaba y cogía el sombrero–, he venido a entregarle estas dos palabras de cierta persona. Léalas, porque se me ha encargado que aguarde contestación.

Dicho esto, sacó del bolsillo un papelito doblado y sellado con lacre y me lo alargó. Del puño de Polina, decía así: "Me parece que se propone usted continuar este asunto. Está usted enfadado y empieza a hacer travesuras. Hay, sin embargo, circunstancias especiales que quizá le explique más tarde. Por favor, desista y deje el camino franco. ¡Cuántas bobadas hay en esto! Le necesito y usted prometió obedecerme. Recuerde Schlangenberg. Le pido que sea obediente y, si es preciso, se lo mando. P S. Si está enojado conmigo por lo de ayer, perdóneme".

Cuando leí estos renglones me pareció que se me iba la cabeza. Mis labios perdierón su color y empecé a temblar. El maldito francés me miraba con aire de intensa circunspección y apartaba de mí los ojos como para no ver mi zozobra. Mejor hubiera sido que se hubiera reído de mí abiertamente.

—Bien —respondí—, diga a *mademoiselle* que no se preocupe. Permítame, no obstante, hacerle una pregunta —añadí con aspereza—, ¿por qué ha tardado tanto en darme esta nota? En lugar de decir tantas nimiedades, creo que debiera usted haber comenzado con esto... si, en efecto, vino con este encargo.

—Ah, yo quería... todo esto es tan insólito que usted perdonará mi natural impaciencia... Yo quería enterarme por mi cuenta, personalmente, de cuáles eran las intenciones de usted. Pero como no conozco el contenido de esa nota, pensé que no corría prisa en dársela.

—Comprendo. A usted sencillamente le mandaron que la entregara sólo como último recurso, y que no la entregara si lograba su propósito de palabra. ¿No es así? ¡Hable con franqueza, *monsieur* Des Grieux!

—*Peut-être* —dijo, con un aire muy comedido y dirigiéndome una mirada algo peculiar tomando el sombrero; él hizo una inclinación de cabeza y salió. Tuve la impresión de que llevaba una sonrisa burlona en los labios. ¿Acaso cabía esperar otra cosa?

—Tú y yo, franchute, tenemos todavía cuentas que arreglar. Mediremos fuerzas —murmuré, bajando la escalera.

Aún no sabía qué era aquello que había causado tal mareo. El aire me refrescó un poco. Un par de minutos después, cuando apenas había empezado a discurrir con claridad, surgieron luminosos en mi mente dos pensamientos: primero, que de unas naderías, de unas cuantas amenazas inverosímiles de escolar, lanzadas anoche al buen tuntún, había resultado un desasosiego general, y segundo, ¿qué clase de ascendiente tenía este francés sobre Polina? Bastaba una palabra suya para que ella hiciera cuanto él necesitaba: me escribía una nota y hasta me suplicaba. Sus relaciones, por supuesto, habían sido siempre un enigma para mí, desde el principio mismo, desde que empecé a conocerlos. Sin embargo, en estos últimos días había notado en ella una evidente aversión, por no decir desprecio, hacia él; y él, por su parte, apenas se fijaba en ella, la trataba con la grosería más descarada. Yo lo había notado. Polina misma me había hablado de aversión; ahora se le escapaban revelaciones harto significativas. Es decir, que él sencillamente la tenía en su poder; que ella, por algún motivo, era su cautiva.

Capítulo VIII

En la *promenade*, como aquí la llaman, es decir, en la avenida de los castaños, tropecé con mi inglés.

—¡Oh, oh! —dijo al verme—, yo iba a verlo a usted y usted venía a verme a mí. ¿Así que se ha separado usted de los suyos?

—En primer lugar, dígame cómo lo sabe —pregunté asombrado—. ¿O es que ya lo sabe todo el mundo?

—¡Oh, no! Todos lo ignoran y no tienen por qué saberlo. Nadie habla de ello.

—¿Entonces, cómo lo sabe usted?

—Lo sé, es decir, que me he enterado por casualidad. Y ahora ¿adónde irá usted desde aquí? Le tengo aprecio y por eso iba a verle.

—Es usted un hombre excelente, míster Astley —respondí (pero, por otra parte, la cosa me chocó mucho: ¿de quién lo había sabido?)—. Y como todavía no he tomado café y usted, de seguro, lo ha tomado malo, vamos al café del Casino. Allí nos sentamos, fumamos, yo le cuento y usted me cuenta.

El café estaba a cien pasos. Nos trajeron café, nos sentamos y yo encendí un cigarrillo. Míster Astley no fumó y, fijando en mí los ojos, se dispuso a escuchar.

–No voy a ninguna parte –empecé diciendo–. Me quedo aquí.

–Estaba seguro de que se quedaría –dijo míster Astley en tono aprobatorio.

Al dirigirme a ver a míster Astley no tenía intención de decirle nada, mejor dicho, no quería decirle nada acerca de mi amor por Polina. Durante esos días apenas le había dicho una palabra de ello. Además, era muy reservado. Desde el primer momento advertí que Polina le había causado una profunda impresión, aunque jamás pronunciaba su nombre. Pero, cosa rara, ahora, de repente, no bien se hubo sentado y fijado en mí sus ojos color de estaño, sentí, no sé por qué, el deseo de contarle todo, es decir, todo mi amor, con todos sus matices. Estuve hablando media hora, lo que para mí fue sumamente agradable. Era la primera vez que hablaba de ello. Notando que se turbaba ante algunos de los pasajes más ardientes, acentué de propósito el ardor de mi narración. De una cosa me arrepiento: quizá hablé del francés más de lo necesario...

Míster Astley escuchó inmóvil, sentado frente a mí, sin decir palabra ni emitir sonido alguno y con sus ojos fijos en los míos; pero cuando comencé a hablar del francés, me interrumpió de pronto y me preguntó severamente si me juzgaba con derecho a aludir a un terna que nada tenía que ver conmigo. Míster Astley siempre hacía preguntas de una manera muy rara.

–Tiene usted razón. Me temo que no –respondí.

–¿De ese marqués y de *miss* Polina no puede usted decir nada concreto? ¿Sólo conjetura?

Una vez más, me extrañó que un hombre tan. apocado como míster Astley hiciera una pregunta tan categórica.

–No, nada concreto –contesté–; nada, por supuesto.

–En tal caso, ha hecho usted mal no sólo en hablarme a mí de ello, sino hasta en pensarlo usted mismo.

–Bueno, bueno, lo reconozco; pero ahora no se trata de eso –interrumpí asombrado de mí mismo.

Y entonces le conté toda la historia de ayer, con todos sus detalles, la ocurrencia de Polina, mi aventura con el barón, mi despido, la insólita pusilanimidad del general y, por último, le referí minuciosamente la visita de Des Grieux esa misma mañana, sin omitir ningún detalle. En conclusión le enseñé la nota.

—¿Qué saca de esto? —pregunté—. He venido precisamente para averiguar lo que usted piensa. En lo que a mí toca, me parece que hubiera matado a ese franchute y quizá lo haga todavía.

—Yo también —dijo míster Astley—. En cuanto a *miss* Polina, usted sabe que entramos en tratos aun con gentes que nos son odiosas, si a ello nos obliga la necesidad. Ahí puede haber relaciones que ignoramos y que dependen de circunstancias ajenas al caso. Creo que puede estar usted tranquilo —en parte, claro—. En cuanto a la conducta de ella ayer, no cabe duda de que es extraña, no porque quisiera librarse de usted exponiéndole al garrote del barón (quien, no sé por qué, no lo utilizó aunque lo tenía en la mano), sino porque semejante travesura en una *miss* tan... tan excelente no es decorosa. Claro que ella no podía suponer que usted pondría literalmente en práctica sus antojos...

—¿Sabe usted? —grité de repente, clavando la mirada en míster Astley—. Me parece que usted ya ha oído hablar de todo esto. ¿Y sabe quién se lo ha dicho? La misma *miss* Polina.

Míster Astley me miró extrañado.

—Le brillan a usted los ojos y en ellos veo la sospecha —dijo, y en seguida volvió a su calma anterior—, pero no tiene usted el menor derecho a revelar sus sospechas. No puedo reconocer ese derecho y me niego en redondo a contestar a su pregunta.

—¡Bueno, basta! ¡Por otra parte no es necesario! —exclamé extrañamente agitado y sin comprender por qué se me había ocurrido tal cosa.

¿Cuándo, dónde y cómo hubiera podido míster Astley ser elegido por Polina como confidente? Sin embargo, a veces en días recientes había perdido de vista a míster Astley, y Polina siempre había sido un enigma para mí, un enigma tal que ahora, por ejemplo, habiéndome lanzado a contar a míster Astley la historia de mi amor, vi de pronto con sorpresa mientras la contaba que de mis relaciones con ella apenas podía decir nada preciso y positivo. Al contrario, todo era ilusorio, extraño, infundado, sin la menor semejanza con cosa alguna.

—Bueno, bueno, desbarro; y ahora no puedo sacar en limpio mucho más —respondí, como si me faltara el aliento—. De todos modos, es usted una buena persona. Ahora a otra cosa, y le pido, no consejo, sino su opinión.

Callé un instante y continué.

—En opinión de usted, ¿por qué se asustó tanto el general? ¿Por qué todos ellos han hecho de mi estúpida picardía algo que les trae de cabeza? Tan de cabeza que hasta el propio Des Grieux ha creído necesario intervenir (y él interviene sólo en los casos más importantes), me ha visitado (¡hay que ver!), me ha requerido y suplicado, ¡a mí, él, Des Grieux, a mí! Por último, observe usted que ha venido a las nueve, y que la nota de *miss* Polina ya estaba en sus manos. ¿Cuándo, pues, fue escrita?, cabe preguntar. ¡Quizá despertaran a *miss* Polina para ello! Salvo deducir de esto que *miss* Polina es su esclava (¡porque hasta a mí me pide perdón!), salvo eso, ¿qué le va a ella, personalmente, en este asunto? ¿Por qué está tan interesada? ¿Por qué se asustaron tanto de un barón cualquiera? ¿Y qué tiene que ver con ello que el general se case con *mademoiselle* Blanche de Cominges? Ellos dicen que cabalmente por eso necesita conducirse de una manera especial, pero convenga en que esto es ya demasiado especial. ¿Qué piensa usted? Por lo que me dicen sus ojos estoy seguro de que de esto sabe usted más que yo.

Míster Astdey sonrió y asintió con la cabeza.

—En efecto, de esto creo saber mucho más que usted —apuntó—. Aquí se trata sólo de *mademoiselle* Blanche, y estoy seguro de que es la pura verdad.

—¿Pero por qué *mademoiselle* Blanche? —grité impaciente (tuve de pronto la esperanza de que ahora se revelaría algo acerca de *mademoiselle* Polina).

—Se me antoja que en el momento presente *mademoiselle* Blanche tiene especial interés en evitar a toda costa un encuentro con el barón y la baronesa, tanto más cuanto que el encuentro sería desagradable, por no decir escandaloso.

—¿Qué me dice usted?

—El año antepasado, *mademoiselle* Blanche estuvo ya aquí, en Roulettenberg, durante la temporada. Yo también andaba por aquí. *Mademoiselle* Blanche no se llamaba todavía *mademoiselle* de Cominges y, por el mismo motivo, tampoco existía su madre, *madame* de Cominges. Al menos, no había mención de ella. Des Grieux... tampoco había Des Grieux. Tengo la profunda convicción de que no sólo no hay parentesco entre ellos, sino que ni siquiera se conocen de antiguo. Tampoco empezó hace mucho eso de marqués Des Grieux; de ello estoy seguro por una circunstancia. Cabe incluso suponer que empezó a llamarse Des Grieux hace poco. Conozco aquí a un individuo que le conocía bajo otro nombre.

—¿Pero no es cierto que tiene un respetable círculo de amistades?

—¡Puede ser! También puede tenerlo *mademoiselle* Blanche. Hace dos años, sin embargo, a resultas de una queja de esta misma baronesa, fue invitada por la policía local a abandonar la ciudad y así lo hizo.

—¿Cómo fue eso?

—Se presentó aquí primero con un italiano, un príncipe o algo así, que tenía un nombre histórico, Barberini o algo por el estilo. Iba cubierto de sortijas y brillantes, y por cierto de buena ley. Iban y venían en un espléndido carruaje. *Mademoiselle* Blanche jugaba con éxito a *trente et quarante*, pero después su suerte cambió radicalmente, si mal no recuerdo. Me acuerdo de que una noche perdió una cantidad muy elevada. Pero lo peor de todo fue que un *beau matin* su príncipe desapareció sin dejar rastro. Desaparecieron los caballos y el carruaje, desapareció todo. En el hotel debían una suma enorme. *Mademoiselle* Zelma (en lugar de Barberini empezó a llamarse de pronto *mademoiselle* Zelma) daba muestras de la más profunda desesperación. Chillaba y gemía por todo el hotel, y de rabia hizo jirones su vestido. Había entonces en el hotel un conde polaco (todos los viajeros polacos son condes), y *mademoiselle* Blanche, con aquello de rasgar su vestido y arañarse el rostro como una gata con sus manos bellas y perfumadas, produjo en él alguna impresión. Conversaron, y a la hora de la comida ella había recobrado la calma. A la noche se presentaron del brazo en el casino. *Mademoiselle* Zelma, según su costumbre, reía con estrépito y en sus ademanes se notaba mayor desenvoltura que antes. Entró sin más en esa clase de señoras que, al acercarse a la mesa de la ruleta, dan fuertes codazos a los jugadores para procurarse un sitio. Aquí, entre tales damas, se considera eso como especialmente chic. Usted lo habrá notado, sin duda.

—Sí.

—No vale la pena notarlo. Por desgracia para las personas decentes, estas damas no desaparecen, por lo menos las que todos los días cambian a la mesa billetes de mil francos. Pero cuando dejan de cambiar billetes se les pide al momento que se vayan. *Mademoiselle* Zelma seguía cambiando billetes; pero la fortuna le fue aún más adversa. Observe que muy a menudo estas señoras juegan con éxito; saben dominarse de manera asombrosa. Pero mi historia toca a su fin. Llegó un momento en que, al igual que el príncipe, desapareció el conde. *Mademoiselle* Zelma se presentó una noche a jugar sola, ocasión en que nadie se presentó a ofrecerle el brazo. En dos días perdió cuanto le quedaba. Cuando hubo arriesgado su último louis d'or y lo hubo perdido, miró a su alrededor y vio junto a sí al barón Burmerhelm, que la observaba atentamente y muy indignado. Pero *mademoiselle* Zelma no notó la indignación y, mirando al barón con la consabida sonrisa, le pidió que le pusiera diez *louis dor* al rojo. Como consecuencia de esto y por queja de la baronesa, aquella noche fue invitada a no presentarse más en el Casino. Si le extraña a usted que me sean conocidos estos detalles nimios y francamente indecorosos, sepa que, en versión definitiva, los oí de labios de míster Feeder, un pariente mío que esa misma noche condujo en su coche a *mademoiselle* Zelma de Roulettenburg a Spa. Ahora mire: *mademoiselle* Blanche quiere ser generala, seguramente para no recibir en adelante invitaciones como la que recibió hace dos años de la policía del Casino. Ya no juega, pero es porque, según todos los indicios, tiene ahora un capital que da a usura a los jugadores locales. Esto es mucho más prudente. Yo hasta sospecho que el infeliz general le debe dinero. Quizá también se lo debe Des Grieux. Quizá ella y Des Grieux trabajan juntos. Comprenderá usted que, al menos hasta la boda, ella no quiera atraerse por ningún motivo la atención del barón y la baronesa. En una palabra, que en su situación nada sería menos provechoso que un escándalo. Usted está vinculado a ese grupo, y las acciones de usted podrían causar ese escándalo, tanto más cuanto ella se presenta a diario en público del brazo del general o acompañada de *miss* Polina. ¿Ahora lo entiende usted?

—No, no lo entiendo —exclamé golpeando la mesa con tal fuerza que el garzón, asustado, acudió corriendo.

—Diga, míster Astley —dije con arrebato—, si usted ya conocía toda esta historia y, por consiguiente, sabe perfectamente qué clase de persona es *mademoiselle* Blanche de Cominges, ¿cómo es que no me avisó usted, a mí al menos; luego al general y, sobre todo, a *miss* Polina, que se presentaba aquí en el Casino, en público, del brazo de *mademoiselle* Blanche? ¿Cómo es posible?

—No tenía por qué avisarle a usted, ya que usted no podía hacer nada —replicó tranquilamente míster Astley—. Y, por otro lado, ¿avisarle de qué? Puede que el general sepa de *mademoiselle* Blanche todavía más que yo y a fin de cuentas, se pasea con ella y con *miss* Polina. El general es un infeliz. Ayer vi que *mademoiselle* Blanche iba montada en un espléndido caballo junto con míster Des Grieux y ese pequeño príncipe ruso, mientras que el general iba tras ellos en un caballo de color castaño. Por la mañana decía que le dolían las piernas, pero se tenía muy bien en la silla. Pues bien, en ese momento me vino la idea de que ese hombre está completamente arruinado. Además, nada de eso tiene que ver conmigo, y sólo desde hace poco tengo el honor de conocer a *miss* Polina. Por otra parte —dijo míster Astley reportándose—, ya le advertí que no reconozco su derecho a hacer ciertas preguntas, a pesar de que le tengo a usted verdadero aprecio...

—Basta —dije levantándome—, ahora para mí está claro como el día que también *miss* Polina sabe todo lo referente a *mademoiselle* Blanche. Tenga usted la seguridad de que ninguna otra influencia la haría pasearse con *mademoiselle* Blanche y suplicarme en una nota que no toque al barón. Ésa cabalmente debe de ser la influencia ante la que todos se inclinan. ¡Y pensar que fue ella la que me azuzó contra el barón! ¡No hay demonio que lo entienda!

—Usted olvida, en primer lugar, que *mademoiselle* de Cominges es la prometida del general, y en segundo, que *miss* Polina, hijastra del general, tiene un hermano y una hermana de corta edad, hijos del general, a quienes este hombre chiflado tiene abandonados por completo y a quienes, según parece, ha despojado de sus bienes.

—¡Sí, sí, eso es! Apartarse de los niños significa abandonarlos por completo; quedarse significa proteger sus intereses y quizá también salvar un jirón de la hacienda. ¡Sí, sí, todo eso es cierto! ¡Ah, ahora entiendo por qué todos se interesan por la abuelita!

—¿Por quién?

—Por esa vieja bruja de Moscú que no se muere y por quien esperan un telegrama diciendo que se ha muerto.

—¡Ah, sí, claro! Todos los intereses convergen en ella. Todo depende de la herencia. Se anuncia la herencia y el general se casa; *miss* Polina queda libre, y Des Grieux..

—Y Des Grieux, ¿qué?

—Y a Des Grieux se le pagará su dinero; no es otra cosa lo que espera aquí.

—¿Sólo eso? ¿Cree usted que espera sólo eso?

—No tengo la menor idea.

—Míster Astley guardó obstinado silencio.

—Pues yo sí, yo sí —repetí con ira—. Espera también la herencia porque Polina recibirá una dote y, en cuanto tenga el dinero, le echará los brazos al cuello. ¡Así son todas las mujeres! Aun las más orgullosas acaban por ser las esclavas más indignas. Polina sólo es capaz de amar con pasión y nada más. ¡Ahí tiene usted mi opinión de ella! Mírela usted, sobre todo cuando está sentada sola, pensativa... ¡es como si estuviera predestinada, sentenciada, maldita! Es capaz de echarse encima todos los horrores de la vida y la pasión... es... es... ¿pero quién me llama? —exclamé de repente—. ¿Quién grita? He oído gritar en ruso "¡Aleksei Ivanovich!". Una voz de mujer. ¡Oiga, oiga!

Para entonces habíamos llegado ya a nuestro hotel. Hacía rato que, sin notarlo apenas, habíamos salido del café.

—Escuché gritos de mujer, pero no sé a quién llamaban. Y en ruso. Ahora veo de dónde vienen —señaló míster Astley—. Es aquella mujer la que grita, la que está sentada en aquel sillón que los lacayos acaban de subir por la escalinata. Tras ella están subiendo maletas, lo que quiere decir que acaba de llegar el tren.

—¿Pero por qué me llama a mí? Ya está otra vez a los gritos. Mire, nos está haciendo señas.

—¡Aleksei Ivanovich! ¡Aleksei Ivanovich! ¡Ay, Dios, se habrá visto alguien más estúpido! —llegaban gritos de desesperación desde la escalinata del hotel.

Fuimos casi corriendo. Cuando llegué al descansillo, se me cayeron los brazos y las piernas quedaron clavadas al suelo como piedras.

Capítulo IX

En el descansillo superior de la ancha escalinata del hotel, llevada peldaños arriba en un sillón, rodeada de criados, asistentes y el numeroso y servil personal del hotel, en presencia del Oberkellner, que había salido al encuentro de una destacada visitante que llegaba con tanta bulla y alharaca, acompañada de su propia servidumbre y de una sucesión interminable de baúles y maletas, sentada como una reina en su trono estaba... la abuela. Exacto, ella misma, formidable y rica, con sus setenta y cinco años a cuestas: Antonida Vasilyevna Tarasevicheva, terrateniente y aristocrática moscovita, la *baboulinka*, acerca de la cual se enviaban y recibían telegramas, moribunda pero no muerta, quien de repente aparecía en persona entre nosotros como bajada del cielo.

Como sus piernas no estaban bien, la traían en un sillón, igual que siempre en los últimos años, pero, también como siempre, ventajera, atrevida, pagada de sí misma, inmóvil en su asiento, gritona, autoritaria y regañando a todos. En fin, exactamente como yo había tenido el honor de verla dos veces desde que entré como tutor en casa del general. Como es de suponer, me quedé parado frente a ella, paralizado de asombro. Me había visto a cien pasos de distancia cuando la llevaban en el sillón, me había reconocido con sus ojos de lince y llamado por mi nombre y patronímico, detalle que, también según costumbre suya, recordaba de una vez para siempre.

"¡Y a ésta –pensé– esperaban verla en un ataúd, enterrada y dejando una herencia! ¡Pero si es ella la que nos enterrará a todos y a todo el hotel! Pero, santo Dios, ¿qué será de nuestra gente ahora? ¿Qué será ahora del general? ¡Va a poner el hotel patas arriba!"

–Bueno, amigo, ¿por qué estás ahí parado mirando con esa cara? –continuó gritándome la abuela–. ¿No sabes dar la bienvenida? ¿No sabes saludar? ¿O es que eres demasiado orgulloso? ¿Quizá no me reconoces? ¿Oyes, Potapych? –dijo volviéndose a un viejo canoso, de calva sonrosada, vestido de frac y corbata blanca, su mayordomo, que la acompañaba cuando iba de viaje–; ¿oyes? ¡No me reconoce! Me enterraron. Estuvieron mandando un telegrama tras otro: "¿murió o no murió?". ¡Lo sé todo! ¡Y aquí me ves, vivita y coleando!

–Por Dios, Antonida Vasilyevna, ¿por qué le desearía algo malo? –respondí alegremente cuando logré reponerme–. Era sólo la sorpresa... ¿cómo no maravillarse cuando tan inesperadamente...?

–¿Y qué tiene de maravilloso? Me metí en el tren y vine. En el vagón una viaja muy cómoda, sin tanto traqueteo. ¿Estuviste de paseo?

–Sí, estuve en el Casino.

–Esto es bonito –dijo la abuela mirando a su alrededor–; el aire es tibio y los árboles son hermosos. Me gusta. ¿Está la familia en casa? ¿El general?

–En casa, sí; a esta hora están todos de seguro en casa.

–¿Y qué? ¿Lo hacen aquí todo según el reloj y con toda ceremonia? Quieren dar el tono. ¡Me han dicho que tienen coche, *les seigneurs ruses*! Se gastan lo que tienen y luego se van al extranjero. ¿Praskovya está también con ellos?

—Sí, Polina Aleksandrovna está también.

—¿Y el franchute? En fin, ya los veré a todos. Aleksei Ivanovich, enseña el camino y vamos para allá. ¿Lo pasas bien aquí?

—Así, así, Antonida Vasilyevna.

—Tú, Potapych, dile a ese mentecato de Kellner que me preparen una habitación cómoda, bonita, baja, y lleva las cosas allí de inmediato. ¿Pero por qué quiere toda esta gente llevarme? ¿Por qué se meten donde no los llaman? ¡Pero qué gente más servil! ¿Quién es ése que está contigo? —preguntó dirigiéndose de nuevo a mí.

—Éste es míster Astley —contesté.

—¿Y quién es míster Astley?

—Un viajero y un buen amigo mío; amigo también del general.

—Un inglés. Por eso me mira tanto y no abre los labios. A mí, sin embargo, me gustan los ingleses. Bueno, levántenme y arriba; directo al cuarto del general. ¿Por dónde está?

Cargaron con la abuela. Yo iba delante por la ancha escalera del hotel. Nuestra procesión era muy vistosa. Todos los que topaban con ella se paraban y nos miraban con ojos desorbitados. Nuestro hotel era considerado como el mejor, el más caro y el más aristocrático del balneario. En la escalera y en los pasillos se tropezaba de continuo con damas espléndidas e ingleses de digno aspecto. Muchos pedían informes abajo al Oberkellner, también hondamente impresionado. Éste, por supuesto, respondía que era una extranjera de alto copete, *une russe, une comtesse, grande dame*, que se instalaría en los mismos aposentos que una semana antes había ocupado la *grande duchesse* de N. El aspecto imponente de la abuela, transportada en un sillón, era lo que causaba el mayor efecto. Cuando se encontraba con una nueva persona la medía con una mirada de curiosidad y en voz alta me hacía preguntas sobre ella. La abuela tenía una fuerza natural y, aunque no se levantaba del sillón, al mirarla quedaba claro que era una mujer alta. Mantenía la columna firme y no se apoyaba en el respaldo del asiento. Llevaba alta la cabeza, que era grande y canosa, de rasgos fuertes y marcados. En su modo de mirar había algo arrogante y provocativo, y estaba claro que tanto esa mirada como sus gestos eran perfectamente naturales. A pesar de sus setenta y cinco años tenía el rostro bastante fresco y hasta la dentadura en buen estado. Llevaba un vestido negro de seda y una cofia blanca.

–Me interesa extraordinariamente –murmuró míster Astley, que subía junto a mí.

"Ya sabe lo de los telegramas –pensaba yo–. Conoce también a Des Grieux, pero por lo visto no sabe todavía mucho de *mademoiselle* Blanche."

Informé de esto a míster Astley. ¡Pecador de mí! En cuanto me repuse de mi sorpresa inicial me alegré sobremanera del golpe feroz que íbamos a asestar al general dentro de un instante. Era como un estimulante, y yo iba a la cabeza con singular alegría. Nuestra gente estaba instalada en el tercer piso. Yo no anuncié nuestra llegada y ni siquiera llamé a la puerta, sino que sencillamente la abrí de par en par y por ella metieron a la abuela en triunfo. Parecía a propósito: todo el mundo se encontraba allí, en el gabinete del general. Eran las doce y, al parecer, proyectaban una excursión: unos irían en coche, otros a caballo, toda la pandilla; y además habían invitado a algunos conocidos. Amén del general, de Polina con los niños y de la niñera, estaban en el gabinete Des Grieux, *mademoiselle* Blanche, una vez más en traje de amazona, su madre, el pequeño príncipe y un erudito alemán, que estaba de viaje, a quien yo veía con ellos por primera vez. Colocaron el sillón con la abuela en el centro del gabinete, a tres pasos del general. ¡Dios mío, nunca olvidaré la impresión que les produjo! Cuando entramos, el general estaba contando algo, y Des Grieux lo corregía. Es

menester indicar que desde hacía dos o tres días, y no se
sabe por qué motivo, Des Grieux y *mademoiselle* Blanche
hacían la rueda abiertamente al pequeño príncipe *à la
barbe du pauvre général,* y que el grupo, aunque quizá
con estudiado esfuerzo, tenía un aire de cordial familiaridad. A la vista de la abuela el general perdió el habla
y se quedó en mitad de una frase con la boca abierta.
Fijó en ella los ojos desencajados, como hipnotizado por
la mirada de un basilisco. La abuela también lo observó en silencio, inmóvil, ¡pero con qué mirada triunfal,
provocativa y burlona! Así estuvieron mirándose diez
segundos largos, ante el profundo silencio de todos los
circunstantes. Des Grieux quedó al principio estupefacto, pero en su rostro empezó pronto a dibujarse una
inquietud inusitada. *Mademoiselle* Blanche, con las cejas
enarcadas y la boca abierta, observaba atolondrada a la
abuela. El príncipe y el erudito, ambos presa de honda
confusión, contemplaban la escena. El rostro de Polina
reflejaba extraordinaria sorpresa y perplejidad, pero de
súbito se quedó más blanco que la cera; un momento
después la sangre volvió de golpe y coloreó las mejillas.
¡Sí, era una catástrofe para todos! Yo no hacía más que
pasear los ojos desde la abuela hasta los concurrentes y
viceversa. Míster Astley, según su costumbre, se mantenía aparte, tranquilo y digno.

—¡Bueno, aquí estoy! ¡En lugar de un telegrama! —
exclamó por fin la abuela, rompiendo el silencio—. ¿Qué
pasa? ¿No me esperaban?

—Antonida Vasilyevna... tía... ¿pero cómo...? —balbu-
ceó el infeliz general. Si la abuela no le hubiera hablado,
en unos segundos más le habría dado quizá una apoplejía.

—¿Cómo que cómo? Me metí en el tren y vine. ¿Para
qué sirve el ferrocarril? ¿Ustedes pensaban que ya había
estirado la pata y que les había dejado una fortuna? Ya
sé que mandabas telegramas desde aquí; tu buen dinero
te habrán costado, porque desde aquí no son baratos.

Me eché las piernas al hombro y aquí estoy. ¿Este es el francés? ¿*Monsieur* Des Grieux, por lo visto?

—*Oui, madame* —confirmó Des Grieux— *et croyez je suis si enchanté.. votre santé.. c'est un miracle... vous voir ici, une surprise charmante...*

—Sí, sí, *charmante*. Ya te conozco, farsante, ¡No me fío de ti ni tanto así! —y le enseñaba el dedo meñique—. Y ésta, ¿quién es? —dijo volviéndose y señalando a *mademoiselle* Blanche. La llamativa francesa, en traje de amazona y con el látigo en la mano, evidentemente la impresionó—. ¿Es de aquí?

—Es *mademoiselle* Blanche de Cominges y ésta es su madre, *madame* de Cominges. Se hospedan en este hotel —dije yo.

—¿Está casada la hija? —preguntó la abuela sin pararse en barras.

—*Mademoiselle* de Cominges es soltera —respondí lo más cortésmente posible y, a propósito, bajando el tono de voz.

—¿Es alegre? —Yo no alcancé a entender la pregunta.

—¿No es aburrido estar con ella? ¿Entiende el ruso? Porque cuando Des Grieux estuvo con nosotros en Moscú llegó a balbucearlo un poco.

Le expliqué que *mademoiselle*. de Cominges no había estado nunca en Rusia.

—*Bonjour!* —dijo la abuela encarándose bruscamente con *mademoiselle*. Blanche.

—*Bonjour, madame!* —Mlle. Blanche, con elegancia y ceremonia, hizo una leve reverencia. Bajo la desusada modestia y cortesía se apresuró a manifestar, con toda la expresión de su rostro y figura, el asombro extraordinario que le causaba una pregunta tan extraña y un comportamiento semejante.

—¡Ah, ha bajado los ojos, es amanerada y artificiosa! Ya se ve qué clase de pájaro es: una actriz de esas. Estoy abajo, en este hotel —dijo dirigiéndose de pronto al general—. Seré vecina tuya. ¿Estás contento o no?

–¡Oh, tía! Puede creer en mi sentimiento sincero... de satisfacción –dijo el general agarrando al vuelo la pregunta. Ya había recobrado en parte su presencia de ánimo y, como cuando se ofrecía ocasión sabía hablar bien, con gravedad y cierta pretensión de persuadir, se preparó a declamar ahora también–. Hemos estado tan afectados y alarmados con las noticias sobre su estado de salud... Hemos recibido telegramas que daban tan poca esperanza, y de pronto...

–¡Pues mientes, mientes! –interrumpió al momento la abuela.

–¿Pero cómo es –interrumpió a su vez en seguida el general, levantando la voz y tratando de no reparar en ese "mientes"–, cómo es que, a pesar de todo, decidió usted emprender un viaje como éste? Reconozca que a sus años y dada su salud...; de todos modos ha sido tan inesperado que no es de extrañar nuestro asombro. Pero estoy tan contento...; y todos nosotros (y aquí inició una sonrisa afable y seductora) haremos todo lo posible para que su temporada aquí sea de lo más agradable...

–Bueno, basta; cháchara inútil; tonterías, como de costumbre; yo sé bien cómo pasar el tiempo. Pero no te tengo inquina; no guardo rencor. Preguntas que cómo he venido. ¿Pero qué hay de extraordinario en esto? De la manera más sencilla. No veo por qué todos se sorprenden. Hola, Praskovya. ¿Tú qué haces aquí?

–Hola, abuela –dijo Polina acercándose a ella–. ¿Ha estado mucho tiempo en camino?

–Ésta ha hecho una pregunta inteligente, en vez de soltar tantos "ohs" y "ahs". Pues mira: me tenían en cama día tras día, y me daban medicinas y más medicinas; conque mandé a paseo a los médicos y llamé al sacristán de Nikola, que le había curado a una campesina una enfermedad igual con polvos de heno. Bueno, a mí también me hizo bien. A los tres días tuve un sudor muy grande y me levanté. Luego tuvieron otra consulta mis médicos alemanes, se calaron los anteojos y dijeron en coro: "Si ahora va a un balneario extranjero y hace una cura de aguas, expulsaría esa obstrucción que tiene". ¿Y por qué no?, pensé yo. Esos tontos de los Zazhigin se escandalizaron: "¿Hasta dónde va a ir usted?", me preguntaban. Bueno, en un día lo dispuse todo, y el viernes de la semana pasada cogí a mi doncella, y a Potapych, y a Fiodor el lacayo (pero a Fiodor le mandé a casa desde Berlín porque vi que no lo necesitaba), y me vine solita... Tomé un vagón particular, y hay mozos en todas las estaciones que por veinte kopeks te llevan adonde quieras. ¡Vaya habitaciones que tienen! —dijo en conclusión mirando alrededor—. ¿De dónde has sacado el dinero, amigo? Porque lo tienes todo hipotecado. ¿Cuántos cuartos le debes a este franchute, sin ir más lejos? ¡Si lo sé todo, lo sé todo!

—Yo, tía... —apuntó el general todo confuso—, me sorprende, tía... me parece que puedo sin fiscalización de nadie... sin contar que mis gastos no exceden de mis medios, y nosotros aquí...

—¿Que no exceden de tus medios? ¿Y así lo dices? ¡Como guardián de los niños les habrás robado hasta el último kopek!

—Después de esto, después de tales palabras... —intervino el general con indignación— ya no sé qué...

—¡En efecto, no sabes! Seguramente no te apartas de la ruleta aquí. ¿Te lo has jugado todo? El general quedó tan desconcertado que estuvo a punto de ahogarse en el torrente de sus agitados sentimientos.

—¿De la ruleta? ¿Yo? Con mi categoría... ¿yo? Le ruego que lo piense bien, quizá usted todavía se siente algo mal y...

—Bueno, mientes, mientes; de seguro que no pueden arrancarte de ella; mientes con toda la boca. Pues yo, hoy mismo, voy a ver qué es eso de la ruleta. Tú, Praskovya, cuéntame lo que hay que ver por aquí; Aleksei Ivanovich me lo enseñará; y tú, Potapych, anota todos los lugares que hay para visitar. ¿Qué es lo que se visita aquí? —preguntó volviéndose a Polina.

—Aquí cerca están las ruinas de un castillo; luego hay el Schlangenberg.

—¿Qué es ese Schlangenberg? ¿Un bosque?

—No, no es un bosque; es una montaña, con una cúspide...

—¿Qué es eso de una cúspide?

—El punto más alto de la montaña, un lugar con una barandilla alrededor. Desde allí se descubre una vista sin igual.

—¿Y suben sillas a la montaña? No podrán subirlas, ¿verdad?

—¡Oh, se pueden encontrar cargadores! —contesté yo.

En este momento entró Fedosya, la niñera, con los hijos del general, a saludar a la abuela.

—¡Nada de besos! No me gusta besar a los niños; están llenos de mocos. Y tú, Fedosya, ¿cómo lo pasas aquí?

—Bien, muy bien, Antonida Vasilyevna —replicó Fedosya—. ¿Y a usted cómo le ha ido, señora? ¡Aquí estábamos tan preocupados por su salud!

—Lo sé, tú eres un alma sencilla. ¿Y éstos qué son? ¿Más invitados? —dijo encarándose de nuevo con Polina—. ¿Quién es este tipejo de las gafas?

—El príncipe Nilski, abuela —susurró Polina.

—¿Así que un ruso? ¡Y yo que pensaba que no me entendería! ¡Quizá no me haya oído! A míster Astley ya lo conocí. ¡Ah, aquí está otra vez! —la abuela lo vio—. ¡Muy buenas! —y se volvió de repente hacia él. Míster Astley se inclinó en silencio.

—¿Qué me dice usted de bueno? Dígame algo. Tradúcele eso, Praskovya.

Polina lo tradujo.

—Que estoy mirándola con grandísimo gusto y que me alegro de que esté bien de salud —respondió míster Astley seriamente, pero con notable animación.

Se tradujo a la abuela lo que había dicho y a ella evidentemente le agradó.

—¡Qué bien contestan siempre los ingleses! —subrayó—. A mí, no sé por qué, me han gustado siempre los ingleses; ¡no tienen comparación con los franchutes! Venga usted a verme —dijo de nuevo a míster Astley—. Trataré de no molestarlo demasiado. Tradúcele eso y dile que estoy aquí abajo —le repitió a míster Astley señalando hacia abajo con el dedo. Míster Astley quedó muy satisfecho con la invitación.

La abuela miró atenta y complacida a Polina de pies a cabeza.

—Yo te quería mucho, Praskovya —le dijo de pronto—. Eres una buena chica, la mejor de todos, y con un humor que ¡vaya! Pero yo también tengo mi humor ¡Da la vuelta! ¿Es eso que llevas en el pelo es un postizo?

—No, abuela, es mi propio pelo.

—Bien, no me gustan las modas absurdas de ahora. Eres muy guapa. Si fuera un señorito me enamoraría de ti. ¿Por qué no te casas? Pero ya es hora de que me vaya. Necesito dar un paseo después de tanto tren... ¿Bueno, qué? ¿Todavía estás enojado? —preguntó mirando al general.

—¡Por favor, tía, no diga eso! —exclamó el general, rebosante de alegría—. Comprendo que a sus años...

—*Cette vieille est tombée en enfance* —me dijo en voz baja Des Grieux.

—Quiero ver todo lo que hay por aquí. ¿Me prestas a Aleksei Ivanovich? —inquirió la abuela del general.

—Ah, como quiera, pero yo mismo... y Polina y *monsieur* Des Grieux... para todos nosotros será un placer acompañarla...

—*Mais, madame, cela sera un plaisir* —insinuó Des Grieux con sonrisa cautivante.

—Sí, sí, *plaisir*. Me haces reír, amigo. Pero lo que es dinero no te doy —añadió dirigiéndose inopinadamente

al general–. Ahora, a mis habitaciones. Es preciso echar-
les un vistazo y después salir a ver todos esos sitios.
¡Vamos, levántenme!

Levantaron de nuevo a la abuela, y todos, en grupo,
fueron siguiendo el sillón por la escalera abajo. El general iba aturdido, como si le hubieran dado un garrota-
zo en la cabeza. Des Grieux iba cavilando alguna cosa.
Mademoiselle Blanche hubiera preferido quedarse, pero
por algún motivo decidió irse con los demás. Tras ella
salió en seguida el príncipe, y arriba, en las habitaciones
del general, quedaron sólo el alemán y *madame* veuve
Cominges.

Capítulo X

En los balnearios –y parece que en toda Europa– los gerentes y jefes de comedor de los hoteles se guían, cuando se trata de alojar a sus huéspedes, no tanto por los requerimientos y preferencias de éste cuanto por la propia opinión personal que se forjan de ellos; y hay que destacar que rara vez se equivocan. Ahora bien, no se sabe por qué, a la abuela le señalaron un alojamiento tan espléndido que se les fue la mano: cuatro habitaciones estupendamente amuebladas, con baño, dependencias para la servidumbre, cuarto particular para la camarera, etc., etc. Era verdad que estas habitaciones las había ocupado la semana anterior una *grande duchesse*, algo que, por supuesto, se comunicaba a los nuevos visitantes para que vieran lo importante que era el lugar. Condujeron a la abuela, o más bien, la transportaron, por todas las habitaciones y ella las examinó detenida y rigurosamente. El jefe de comedor, hombre ya entrado en años, medio calvo, la acompañó respetuosamente en esta primera inspección. Ignoro por quién tomaron a la abuela, pero, según parece, por persona sumamente encopetada y, lo que es más importante, riquísima. La inscribieron en el registro, sin más, como "*madame la générale princesse de Tarassevitcheva"*, aunque jamás había sido princesa. Su propia servidumbre, su vagón particular, la multitud innecesaria de baúles, maletas, y aun arcas que llegaron con ella, todo ello sirvió de fundamento al prestigio; y el sillón, el timbre agudo de la voz de la abuela, sus preguntas excéntricas, hechas con gran desenvoltura y en tono que no admitía réplica, en suma, toda la figura de la abuela, tiesa, brusca, autoritaria, le granjearon el respeto general. Durante la inspección la abuela mandaba de cuando en cuando detener el sillón, señalaba algún objeto en el mobiliario y dirigía insólitas preguntas al jefe de comedor, que sonreía atentamente pero que ya empezaba a amilanarse. La abuela formulaba sus preguntas en francés, lengua que por cierto hablaba bastante mal, por lo que yo, generalmente, tenía que traducir. Las respuestas del jefe de comedor no le agradaban en su mayor parte y le parecían inadecuadas; aunque bien es verdad que las preguntas de la señora no venían a cuento y nadie sabía a santo de qué las hacía. Por ejemplo, se detuvo de improviso ante un cuadro, copia bastante mediocre de un conocido original de tema mitológico:

—¿De quién es el retrato?

El jefe respondió que probablemente de alguna condesa.

—¿Cómo es que no lo sabes? ¿Vives aquí y no lo sabes? ¿Por qué está aquí? ¿Por qué es bizca?

El jefe no pudo contestar satisfactoriamente a estas preguntas y hasta llegó a atolondrarse.

—¡Un bobo! —comentó la abuela en ruso.

Pasaron adelante. La misma historia se repitió ante una estatuilla sajona que la abuela examinó detenidamente y que mandó luego retirar sin que se supiera el motivo. Una vez más asedió al jefe: ¿cuánto costaron las alfombras del dormitorio y dónde fueron tejidas? El jefe prometió informarse.

—¡Qué pelmazo! —musitó la abuela y dirigió su atención a la cama.

–¡Qué cielo de cama tan suntuoso! Separen las cortinas.

Abrieron la cama.

–¡Más, más! ¡Ábranlo todo! ¡Quiten las almohadas, las fundas; levanten el edredón!

Dieron la vuelta a todo. La abuela lo examinó con cuidado.

–Menos mal que no hay chinches. ¡Fuera toda la ropa de cama! Pongan la mía y mis almohadas. ¡Todo esto es demasiado elegante! ¿De qué me sirve a mí, vieja que soy, un alojamiento como éste? Me aburriré sola. Aleksei Ivanovich, ven a verme a menudo, cuando hayas terminado de dar lección a los niños.

–Yo, desde ayer, ya no estoy al servicio del general –respondí–. Vivo en el hotel por mi cuenta.

–Y eso ¿por qué?

–El otro día llegó de Berlín un conocido barón alemán con su baronesa. Ayer, en el paseo, hablé con él en alemán sin ajustarme a la pronunciación berlinesa.

–Bueno, ¿y qué?

–Él lo consideró como una insolencia y se quejó al general; y el general me despidió ayer.

–¿Es que tú le insultaste? ¿Al barón, quiero decir? Aunque si lo insultaste, no importa.

–Oh, no. Al contrario. Fue el barón el que me amenazó con su bastón.

–Y tú, baboso, ¿permitiste que se tratara así a tu tutor? –dijo, volviéndose de pronto al general–; ¡y, como si eso no bastara, lo despediste! ¡Veo que todos son unos bobos, todos unos bobos!

–No te preocupes, tía –replicó el general con un dejo de altiva familiaridad–, que yo sé atender a mis propios asuntos. Además, Aleksei Ivanovich no ha hecho una relación muy fiel del caso.

–¿Y tú lo aguantaste sin más? –me preguntó a mí.

–Yo quería retar al barón a un duelo –respondí lo más modesta y sosegadamente posible–, pero el general se opuso.

—¿Por qué te opusiste? —preguntó de nuevo la abuela al general—. Y tú, amigo, márchate y ven cuando se te llame —ordenó dirigiéndose al jefe de comedor—. No tienes por qué estar aquí con la boca abierta. No puedo aguantar esa jeta de Nuremberg.

—El jefe se inclinó y salió sin haber entendido las finezas de la abuela.

—Perdón, tía, ¿acaso es permisible el duelo? —inquirió el general con ironía.

—¿Y por qué no lo sería? Los hombres son todos unos gallos, por eso tienen que pelearse. Ya veo que son todos unos bobos. No saben defender a su patria. ¡Vamos, levántenme! Potapych, pon cuidado en que haya siempre dos cargadores disponibles; ajústalos y llega a un acuerdo con ellos. No hacen falta más que dos; sólo tienen que levantarme en las escaleras; en lo llano, en la calle, pueden empujarme; díselo así. Y págales de antemano porque así estarán más atentos. Tú siempre estarás junto a mí, y tú, Aleksei Ivanovich, señálame a ese barón en el paseo. A ver qué clase de von-barón es; aunque sea sólo para echarle un vistazo. Y esa ruleta, ¿dónde está?

Le expliqué que las ruletas estaban instaladas en el Casino, en las salas de juego. Menudearon las preguntas: ¿Había muchas? ¿Jugaba mucha gente? ¿Se jugaba todo el día? ¿Cómo estaban dispuestas? Yo respondí al cabo que lo mejor sería que lo viera todo con sus propios ojos, porque describirlo era demasiado difícil.

—Bueno, vamos derecho allá. ¡Tú ve delante, Aleksei Ivanovich!

—Pero ¿cómo, tía? ¿No va usted siquiera a descansar del viaje? —interrogó solícitamente el general—. Parecía un tanto inquieto; en realidad todos ellos reflejaban cierta confusión y empezaron a cambiar miradas entre sí. Seguramente les parecía algo delicado, acaso humillante, ir con la abuela directamente al Casino, donde cabía esperar que cometiera alguna excentricidad, pero esta

vez en público; lo que no impidió que todos se ofrecie-
ran a acompañarla.

—¿Y qué falta me hace descansar? No estoy cansada; y
además llevo sentada cinco días seguidos. Luego iremos
a ver qué manantiales y aguas medicinales hay por aquí
Y dónde están. Y después... ¿cómo decías que se llamaba
eso, Praskovya... ? ¿Cúspide, no?

—Cúspide, abuela.

—Cúspide; bueno, pues cúspide. ¿Y qué más hay por
aquí?

—Hay muchas cosas que ver, abuela —dijo Polina esfor-
zándose por decir algo.

—¡Vamos, que no lo sabes! Marfa, tú también irás conmigo —dijo a su doncella.

—¿Pero por qué ella, tía? —interrumpió afanosamen-
te el general—. Y, de todos modos, quizá sea imposible.
Puede ser que ni a Potapych le dejen entrar en el Casino.

—¡Qué tontería! ¡Dejarla en casa porque es criada! Es
un ser humano como otro cualquiera. Hemos estado
una semana viaja que te viaja, y ella también quiere ver
algo. ¿Con quién habría de verlo sino conmigo? Sola no
se atrevería a asomar la nariz a la calle.

—Pero abuela...

—¿Es que te da vergüenza ir conmigo? Nadie te lo
exige; quédate en casa. ¡Pues anda con el general! Si a eso
vamos, yo también soy generala. ¿Y por qué viene toda
esa caterva tras de mí? Me basta con Aleksei Ivanovich
para verlo todo.

Pero Des Grieux insistió vivamente en que todos la
acompañarían y habló con frases muy amables del placer
de ir con ella, etc., etc. Todos nos pusimos en marcha.

—*Elle est tombée en enfance* —repitió Des Grieux al
general—, *seule elle fera des bêtises...*

No pude oír lo demás que dijo, pero al parecer tenía
algo entre ceja y ceja y quizás su esperanza había vuelto
a rebullir.

Hasta el Casino había un tercio de milla. Nuestra ruta seguía la avenida de los castaños hasta la glorieta, y una vez dada la vuelta a ésta se llegaba directamente al Casino. El general se tranquilizó un tanto, porque nuestra comitiva, aunque harto excéntrica, era digna y decorosa. Nada tenía de particular que apareciera por el balneario una persona de salud endeble imposibilitada de las piernas. Sin embargo, se veía que el general le tenía miedo al Casino: ¿por qué razón iba a las salas de juego una persona tullida de las piernas y vieja, por más señas? Polina y *mademoiselle* Blanche caminaban una a cada lado junto a la silla de ruedas. *Mademoiselle* Blanche reía, mostraba una alegría modesta y a veces hasta bromeaba amablemente con la abuela, hasta tal punto que ésta acabó por hablar de ella con elogio. Polina, al otro lado, se veía obligada a contestar a las numerosas y frecuentes preguntas de la anciana: "¿Quién es el que ha pasado? ¿Quién es la que iba en el coche? ¿Es grande la ciudad? ¿Es grande el jardín? ¿Qué clase de árboles son éstos? ¿Qué son esas montañas? ¿Hay águilas aquí? ¡Qué tejado tan ridículo!". Míster Astley caminaba junto a mí y me decía por lo bajo que esperaba mucho de esa mañana. Potapych y Marfa marchaban inmediatamente detrás de la silla: él en su frac y corbata blanca, pero con gorra; ella —una cuarentona sonrosada pero que ya empezaba a encanecer— en un vestido de algodón estampado y botas de piel de cabra que crujían al andar. La abuela se volvía a ellos muy a menudo y les daba conversación. Des Grieux y el general iban algo rezagados y hablaban de algo con mucha animación. El general estaba muy alicaído; Des Grieux hablaba con aire enérgico. Quizá quería alentar al general y al parecer lo estaba aconsejando. La abuela, sin embargo, había pronunciado poco antes la frase fatal: "lo que es dinero, no te doy". Acaso esta noticia le parecía inverosímil a Des Grieux, pero el general conocía a su tía. Yo noté que Des Grieux y *mademoiselle*

Blanche seguían haciéndose señas. Al príncipe y al viajero alemán los columbré al extremo mismo de la avenida: se habían detenido y acabaron por separarse de nosotros. Llegamos al Casino en triunfo. El conserje y los lacayos dieron prueba del mismo respeto que la servidumbre del hotel. Miraban, sin embargo, con curiosidad. La abuela ordenó, como primera providencia, que la llevaran por todas las salas, aprobando algunas cosas, mostrando completa indiferencia ante otras, y preguntando sobre todas. Llegaron por último a las salas de juego. El lacayo que estaba de centinela ante la puerta cerrada la abrió de par en par presa de asombro.

La aparición de la abuela ante la mesa de ruleta produjo gran impresión en el público. En torno a las mesas de ruleta y al otro extremo de la sala, donde se hallaba la mesa de *trente et quarante,* se apiñaban quizá un centenar y medio o dos centenares de jugadores en varias filas. Los que lograban llegar a la mesa misma solían agruparse apretadamente y no cedían sus lugares mientras no perdían, ya que no se permitía a los mirones permanecer allí ocupando inútilmente un puesto de juego. Aunque había sillas dispuestas alrededor de la mesa, eran pocos los jugadores que se sentaban, sobre todo cuando había gran afluencia de público, porque de pie les era posible estar más apretados, ahorrar sitio y hacer las apuestas con mayor comodidad. Las filas segunda y tercera se apretujaban contra la primera, observando y aguardando su turno; pero en su impaciencia alargaban a veces la mano por entre la primera fila para hacer sus apuestas. Hasta los de la tercera fila se las arreglaban de ese modo para hacerlas; de aquí que no pasaran diez minutos o siquiera cinco sin que en algún extremo de la mesa surgiera alguna bronca sobre una puesta de equívoco origen. Pero la policía del Casino se mostraba bastante eficaz. Resultaba, por supuesto, imposible evitar las apreturas; por el contrario, la afluencia de gente era, por lo ventajosa, motivo de satisfacción para los administradores; pero ocho crupieres sentados alrededor de la mesa no quitaban el ojo de las puestas, llevaban las cuentas y, cuando surgían disputas, las resolvían. En casos extremos llamaban a la policía y el asunto se concluía al momento. Los agentes andaban también desparramados por la sala en traje de paisano, mezclados con los espectadores para no ser reconocidos. Vigilaban en particular a los rateros y los caballeros de industria que abundan mucho en las cercanías de la ruleta por las excelentes oportunidades que se les ofrecen de ejercitar su oficio. Efectivamente, en cualquier otro sitio hay que desvalijar el bolsillo ajeno o forzar cerraduras, lo que si fracasa puede resultar muy molesto. Aquí, por el contrario, basta con acercarse a la mesa, ponerse a jugar, y de pronto, a la vista de todos y con desparpajo, echar mano de la ganancia ajena y metérsela en el bolsillo propio. Si surge una disputa el bribón jura y perjura a voz en cuello que la puesta es suya. Si la manipulación se hace con destreza y los testigos parecen dudar, el ratero logra muy a menudo apropiarse el dinero, por supuesto si la cantidad no es de mayor cuantía, porque de lo contrario es probable que haya sido notada por los crupieres o, incluso antes, por algún otro jugador. Pero, si la cantidad no es grande el verdadero dueño a veces decide sencillamente no continuar la disputa y, temeroso de un escándalo, se marcha. Pero si se logra desenmascarar a un ladrón, se le saca de allí con escándalo.

Todo esto lo observaba la abuela desde lejos con apasionada curiosidad. Le agradó mucho que se llevaran a unos ladronzuelos. El *trente et quarante* no la sedujo mucho; lo que más la cautivó fue la ruleta y cómo rodaba la bolita. Expresó por fin el deseo de ver el juego más de cerca. No sé cómo, pero es el caso que los lacayos y otros individuos entrometidos (en su mayor parte polacos desafortunados que asediaban con sus servicios a los jugadores con suerte y a todos los extranjeros) pronto hallaron y despejaron un sitio para la abuela, no obstante la aglomeración, en el centro mismo de la mesa, junto al crupier principal, y allí trasladaron su silla. Una muchedumbre de visitantes que no jugaban, pero que estaban observando el juego a cierta distancia (en su mayoría ingleses y sus familias), se acercaron al punto a la mesa para mirar a la abuela desde detrás de los jugadores. Hacia ella apuntaron los impertinentes de numerosas personas. Los crupieres comenzaron a acariciar esperanzas: en efecto, una jugadora tan excéntrica parecía prometer algo inusitado. Una anciana setentona, baldada de las piernas y deseosa de jugar no era cosa de todos los días. Yo también me acerqué a la mesa y me coloqué junto a la abuela. Potapych y Marfa se quedaron a un lado, bastante apartados, entre la gente. El general, Polina, Des Grieux y *mademoiselle* Blanche también se situaron a un lado, entre los espectadores. La abuela comenzó por observar a los jugadores. A media voz me hacía preguntas bruscas, inconexas: ¿quién es ése? Le agradaba en particular un joven que estaba a un extremo de la mesa jugando fuerte y que, según se murmuraba en torno, había ganado ya hasta cuarenta mil francos, amontonados ante él en oro y billetes de banco. Estaba pálido, le brillaban los ojos y le temblaban las manos. Apostaba ahora sin contar el dinero, cuanto podía coger con la mano, y a pesar de ello seguía ganando y amontonando dinero a más y mejor. Los lacayos se movían solícitos a su alrededor, le arrimaron un sillón, despejaron un espacio en torno suyo para que estuviera más a sus anchas y no sufriera apretujones —todo ello con la esperanza de recibir una amplia gratificación—. Algunos jugadores con suerte daban a los lacayos generosas propinas, sin contar el dinero, gozosos, también cuanto con la mano podían sacar del bolsillo. junto al joven estaba ya instalado un polaco muy servicial, que cortésmente, pero sin parar, le decía algo por lo bajo, seguramente indicándole qué apuestas hacer, asesorándole y guiando el juego, también con la esperanza, por supuesto, de recibir más tarde una dádiva. Pero el jugador casi no le miraba, hacía sus apuestas al buen tuntún y ganaba siempre. Estaba claro que no se daba cuenta de lo que hacía. La abuela le observó algunos minutos.

—Dile —me indicó de pronto agitada, tocándome con el codo—, dile que pare de jugar, que recoja su dinero cuanto antes y que se vaya. ¡Lo perderá, lo perderá todo en seguida! —me apremió casi sofocada de ansiedad—. ¿Dónde está Potapych? Mándale a Potapych. Y díselo, vamos, díselo —y me dio otra vez con el codo—; pero ¿dónde está Potapych? *Sortez, sortez* —empezó ella misma a gritarle al joven.

Yo me incliné y le dije en voz baja pero firme que aquí no se gritaba así, que ni siquiera estaba permitido hablar alto porque ello estorbaba los cálculos, y que nos echarían de allí en seguida.

—¡Qué lástima! Ese chico está perdido, es decir, que él mismo quiere... no puedo mirarle, me revuelve las entrañas. ¡Qué bobo! —y acto seguido la abuela dirigió su atención a otro sitio. Allí a la izquierda, al otro lado del centro de la mesa entre los jugadores, se veía a una dama joven y junto a ella a una especie de enano. No sé quién era este enano si pariente suyo o si lo llevaba consigo para llamar la atención. Ya había notado yo antes a esa señora: se presentaba ante la mesa de juego todos los días a la una de la tarde y se iba a las dos en punto, así, pues, cada día jugaba sólo una hora. Ya la conocían y le acercaron un sillón. Sacó del bolso un poco de oro y algunos billetes de mil francos y empezó a hacer apuestas con calma, con sangre fría, con cálculo, apuntando con lápiz cifras en un papel y tratando de descubrir el sistema según el cual se agrupaban los "golpes". Apostaba sumas considerables. Ganaba todos los días uno, dos o cuando más tres mil francos, y habiéndolos ganado se iba. La abuela estuvo observándola largo rato.

—¡Bueno, ésta no pierde! ¡Ya se ve que no pierde! ¿De qué pelaje es? ¿No lo sabes? ¿Quién es?

—Será una francesa de... bueno, de ésas —murmuré.

—¡Ah, se conoce al pájaro por su modo de volar! Se ve que tiene buenas garras. Explícame ahora lo que significa cada giro y cómo hay que hacer la apuesta.

Le expliqué a la abuela, dentro de lo posible, lo que significaban las numerosas combinaciones de posturas, *rouge et noir, pair et impair, manque et passe*, y, por último, los diferentes matices en el sistema de números. Ella escuchó con atención, fijó en la mente lo que le dije, hizo nuevas preguntas y se lo aprendió todo. Para cada sistema de posturas era posible mostrar al instante un ejemplo, de modo que podía aprender y recordar con facilidad y rapidez. La abuela quedó muy satisfecha.

—¿Y qué es eso del *zéro*? ¿Has oído hace un momento a ese crupier del pelo rizado, el principal, gritar "*zéro*"? ¿Y por qué recogió todo lo que había en la mesa? ¡Y qué montón ha cogido! ¿Qué significa eso?

—El cero, abuela, significa que ha ganado la banca. Si la bola cae en cero, todo cuanto hay en la mesa pasa al poder de la banca. Es verdad que cabe apostar para no perder el dinero, pero la banca no paga nada.

—¡Pues anda! ¿Y a mí no me darían nada?

—No, abuela, si antes de ello hubiera apostado usted al cero y saliera, le pagarían treinta y cinco veces la cantidad de la puesta.

—¡Cómo! ¡Treinta y cinco veces? ¿Y sale a menudo? ¿Cómo es que los muy tontos no apuestan al cero?

—Tienen treinta y seis posibilidades en contra, abuela.

—¡Qué tontería! ¡Potapych, Potapych! Espera, que yo también llevo dinero encima ¡aquí está! —Sacó del bolso un portamonedas bien repleto y de él extrajo un federico de oro—. ¡Bien, ponga eso en seguida al cero!

—Abuela, el cero acaba de salir —dije yo—, por lo tanto tardará mucho en volver a salir. Perderá usted mucho dinero. Espere todavía un poco.

—¡Pavadas! Póngalo.

—Está bien, pero quizás no salga hasta la noche; podría usted poner hasta mil y puede que no saliera. No sería la primera vez.

—¡Pavadas, pavadas! Quien teme al lobo no se mete en el bosque. ¿Qué? ¿Has perdido? Ponga otro.

Perdieron el segundo federico de oro; pusieron un tercero. La abuela apenas podía estarse quieta en su silla; con ojos ardientes seguía los saltos de la bolita por los orificios de la rueda que giraba. Perdieron también el tercero. La abuela estaba fuera de sí, no podía parar en la silla, y hasta golpeó la mesa con el puño cuando el banquero anunció "*trente-six*" en lugar del ansiado cero.

—¡Ahí lo tienes! —exclamó enfadada—, ¿pero no va a salir pronto ese maldito cerillo? ¡Que me muera si no me quedo aquí hasta que salga! La culpa la tiene ese condenado crupier del pelo rizado. Con él no va a salir nunca. ¡Aleksei Ivanovich, ponga dos federicos a la vez! Porque si pones tan poco como estás poniendo y sale el cero, no ganas nada.

—¡Abuela!

—Ponga ese dinero, ponga. No es tuyo.

Aposté dos federicos de oro. La bola volteó largo tiempo por la rueda y empezó por fin a rebotar sobre los orificios. La abuela se quedó inmóvil, me apretó la mano y, de pronto, ¡pum!

—¡*Zéro*! —anunció el banquero.

—¿Ves, ves? —prorrumpió la abuela al momento, volviéndose hacia mí con cara resplandeciente de satisfacción—. ¡Te lo dije, te lo dije! Ha sido Dios mismo el que me ha inspirado para poner dos federicos de oro. Vamos a ver, ¿cuánto me darán ahora? ¿Pero por qué no me lo dan? Potapych, Marfa, ¿pero, dónde están? ¿Adónde ha ido nuestra gente? ¡Potapych, Potapych!

—Más tarde, abuela –le dije al oído–. Potapych está a la puerta porque no le permiten entrar aquí. Mire, abuela, le entregan el dinero; tómelo. –Le alargaron un pesado paquete envuelto en papel azul con cincuenta federicos de oro y le dieron unos veinte sueltos. Yo, sirviéndome del rastrillo, los amontoné ante la abuela.

—*Faites le jeu, messieurs! Faites le jeu, messieurs! Rien ne va plus?* –anunció el banquero invitando a hacer posturas y preparándose para hacer girar la ruleta.

—¡Dios mío, nos hemos retrasado! ¡Van a hacer girar la rueda! ¡Haz la apuesta, hazla! –me apremió la abuela–. ¡Vamos, de prisa, no pierdas tiempo! –dijo fuera de sí, dándome fuertes codazos.

—¿A qué lo pongo, abuela?

—¡Al cero, al cero! ¡Otra vez al cero! ¡Ponga lo más posible! ¿Cuánto tenemos en total? ¿Setenta federicos de oro? No hay por qué guardarlos; ponga veinte de una vez.

—¡Cálmese, abuela! A veces no sale en doscientas veces seguidas. Le aseguro que perderá todo el dinero.

—¡Pavada, Pavada! ¡Haga la puesta! ¡Hay que ver cómo le das a la lengua! Sé lo que hago.

Su agitación llegaba hasta el frenesí.

—Abuela, según el reglamento no está permitido apostar al cero más de doce federicos de oro a la vez. Eso es lo que he puesto.

—¿Cómo que no está permitido? ¿No me engañas? ¡*Musié musié*! –dijo tocando con el codo al crupier que estaba a su izquierda y que se disponía a hacer girar la ruleta.

—*Combien zéro? douze? douze?*

Yo aclaré la pregunta en francés.

—*Oui, madame* –corroboró cortésmente el crupier puesto que según el reglamento ninguna apuesta sencilla puede pasar de cuatro mil florines –agregó para mayor aclaración.

—Bien, no hay nada que hacer. Ponga doce.

—*Le jeu est fait* —gritó el crupier. Giró la ruleta y salió el treinta. Habíamos perdido.

—¡Otra vez, otra vez! ¡Ponga otra vez! —gritó la abuela.

Esta vez no la contradije y, encogiéndome de hombros, puse otros doce federicos de oro. La rueda giró largo tiempo. La abuela temblaba, así como suena, siguiendo sus vueltas. "¿Pero de veras cree que ganará otra vez con el cero? —pensaba yo mirándola perplejo. En su rostro brillaba la inquebrantable convicción de que ganaría, la positiva anticipación de que al instante gritarían: ¡cero!

—*Zéro*! —gritó el banquero.

—¡Ya ves! —exclamó la abuela desbordada de alegría y volviéndose a mí.

Yo también era jugador. Lo sentí en ese mismo instante. Me temblaban los brazos y las piernas, me martilleaba la cabeza. Se trataba, ni que decir tiene, de un caso infrecuente: en unas diez jugadas había salido el cero tres veces; pero en ello tampoco había nada asombroso. Yo mismo había sido testigo dos días antes de que habían salido tres ceros seguidos, y uno de los jugadores, que asiduamente apuntaba las jugadas en un papel, observó en voz alta que el día antes el cero había salido sólo una vez en veinticuatro horas. A la abuela, como a cualquiera que ganaba una cantidad muy considerable, le liquidaron sus ganancias atenta y respetuosamente. Le tocaba cobrar cuatrocientos veinte federicos de oro, esto es, cuatro mil florines y veinte federicos de oro. Le entregaron los veinte federicos en oro y los cuatro mil florines en billetes de banco. Esta vez, sin embargo, la abuela ya no llamaba a Potapych; no era eso lo que ocupaba su atención. Ni siquiera daba empujones ni temblaba visiblemente; temblaba por dentro, si así cabe decirlo. Toda ella estaba concentrada en algo, absorta en algo:

—¡Aleksei Ivanovich! ¿Ha dicho ese hombre que sólo pueden apostarse cuatro mil florines como máximo en una jugada? Bueno, entonces tome y ponga estos cuatro mil al rojo —ordenó la abuela.

Era inútil tratar de disuadirla. Giró la rueda.

—*Rouge*! —anunció el banquero. Ganó otra vez, lo que en una apuesta de cuatro mil florines venían a ser, por lo tanto, ocho mil.

—Dame cuatro —decretó la abuela— y poné de nuevo cuatro al rojo.

De nuevo aposté cuatro mil.

—*Rouge!* —volvió a proclamar el banquero.

—En total, doce mil. Dámelos. Mete el oro aquí en el bolso y guarda los billetes.

—Basta. A casa. ¡Empuje la silla!

Capítulo XI

Empujaron la silla hasta la puerta que estaba al otro extremo de la sala. La abuela iba radiante. Toda nuestra gente se congregó en torno suyo para felicitarla. Su triunfo había eclipsado mucho de lo excéntrico de su conducta, y el general ya no temía que le comprometieran en público sus relaciones de parentesco con la extraña señora. Felicitó a la abuela con una sonrisa indulgente en la que había algo familiar y festivo, como cuando se entretiene a un niño. Por otra parte, era evidente que, como todos los demás espectadores, él también estaba pasmado. Alrededor, todos señalaban a la abuela y hablaban de ella. Muchos pasaban junto a ella para verla más de cerca. Míster Astley, desviado del grupo, daba explicaciones acerca de ella a dos ingleses conocidos suyos. Algunas damas de alto copete que habían presenciado el juego la observaban con la mayor perplejidad, como si fuera un bicho raro. Des Grieux se deshizo en sonrisas y enhorabuenas.

—*Quelle victoire!* —exclamó.

—*Mais, mademoiselle, c'était du feu!* —añadió *mademoiselle*. Blanche con sonrisa seductora.

—Pues sí, que me puse a ganar y he ganado doce mil florines. ¿Qué digo doce mil? ¿Y el oro? Con el oro llega casi hasta trece mil. ¿Cuánto es esto en dinero nuestro? ¿Seis mil, no es eso?

Yo indiqué que pasaba de siete y que al cambio actual quizá llegase a ocho.

—¡Como quien dice una broma! ¡Y vosotros aquí, pazguatos, sentados sin hacer nada! Potapych, Marfa, ¿habéis visto?

—Señora, ¿pero cómo ha hecho eso? ¡Ocho mil rublos! —exclamó Marfa retorciéndose de gusto.

—¡Ea, aquí tenéis cada uno de vosotros cinco monedas de oro! Potapych y Marfa se precipitaron a besarle las manos.

—Y entregue a cada uno de los cargadores un federico de oro. Dáselos en oro, Aleksei Ivanovich. ¿Por qué se inclina este lacayo? ¿Y este otro? ¿Me están felicitando? Deles también a cada uno un federico de oro.

—*Madame la princesse... un pauvre expatrié.. malheur continuel.. les princes russes sont si généreux* —murmuraba lisonjero en torno a la silla un individuo bigotudo que vestía una levita ajada y un chaleco de color chillón, y haciendo aspavientos con la gorra y con una sonrisa servil en los labios.

—Dale también un federico de oro. No, dale dos; bueno, basta, con eso nos lo quitamos de encima. ¡Levántame y andando! Praskovya —dijo volviéndose a Polina Aleksandrovna—, mañana te compro un vestido, y a ésa... ¿cómo se llama? ¿*Mademoiselle* Blanche, verdad?, le compro otro. Tradúcele eso, Praskovya.

—*Merci, madame* —dijo *Mademoiselle*. Blanche con una amable reverencia, torciendo la boca en una sonrisa irónica que cambió con Des Grieux y el general. Éste estaba abochornado y se puso muy contento cuando llegamos a la avenida.

—Fedosya..., ella sí que se va a sorprender —dijo la abuela, acordándose de la niñera del general, conocida suya—. También a ella hay que regalarle un vestido. ¡Eh, Aleksei Ivanovich, Aleksei Ivanovich, dale algo a ese mendigo!

Por el camino venía un pelagatos, encorvado de espalda, que nos miraba.

—¡Dale un gulden; dáselo!

Me llegué a él y se lo di. Él me miró con vivísima perplejidad, pero tomó el gulden en silencio. Olía a vino.

—¿Y tú, Aleksei Ivanovich, no has probado fortuna todavía?

—No, abuela.

—Pues vi que te ardían los ojos.

—Más tarde probaré sin falta, abuela.

—Y vete derecho al cero. ¡Ya verás! ¿Cuánto dinero tienes?

—Veinte federicos de oro, abuela.

—No es mucho. Si quieres, te presto cincuenta federicos. Tómalos de ese mismo rollo. ¡Y tú, amigo, no esperes, que no te doy nada! —dijo dirigiéndose de pronto al general. Fue para éste un rudo golpe, pero guardó silencio. Des Grieux frunció las cejas.

—*Que diable, cest une terrible vieille*! —dijo entre dientes al general.

—¡Un pobre, un pobre, otro pobre! —gritó la abuela—. Aleksei Ivanovich, dale un gulden a éste también.

Esta vez se trataba de un viejo canoso, con una pata de palo, que vestía una especie de levita azul de ancho vuelo y que llevaba un largo bastón en la mano. Tenía aspecto de veterano del ejército. Pero cuando le alargué el gulden, dio un paso atrás y me miró amenazante.

—*Was ist's der Teufel!* —gritó, añadiendo luego a la frase una decena de juramentos.

—¡Idiota! —exclamó la abuela despidiéndole con un gesto de la mano—. Sigamos adelante. Tengo hambre. Ahora mismo a comer, luego me echo un rato y después volvemos allá.

—¿Quiere usted jugar otra vez, abuela? —grité.

—¿Pues qué pensabas? ¿Que porque ustedes están acá mano sobre mano y alicaídos, yo debo pasar el tiempo mirándolos?

–*Mais, madame* –dijo Des Grieux acercándose–, *les chances peuvent tourner, une seule mauvaise chance et vous perdrez tout.. surtout avec votre jeu... c'était terrible!*

–*Vous perdrez absolument* –gorjeó *mademoiselle*. Blanche.

–¿Y eso qué les importa a ustedes? No será su dinero el que pierda, sino el mío. ¿Dónde está ese míster Astley? –me preguntó.

–Se quedó en el Casino, abuela.

–Lo siento. Es un hombre tan bueno.

Una vez en el hotel la abuela, encontrando en la escalera al Oberkellner, lo llamó y empezó a hablar con vanidad de sus ganancias. Luego llamó a Fedosya, le regaló tres federicos de oro y le mandó que sirviera la comida. Durante ésta, Fedosya y Marfa se desvivieron por atender a la señora.

–La miré a usted, señora –dijo Marfa en un arranque–, y le dije a Potapych: "¿qué es lo que quiere hacer nuestra señora?". Y en la mesa, dinero y más dinero, ¡santos benditos! En mi vida he visto tanto dinero. Y alrededor todo era señorío, nada más que señorío. "¿Pero de dónde viene todo este señorío?". le pregunté a Potapych. Y pensé: ¡Que la mismísima Madre de Dios la proteja! Recé por usted, señora, y estaba temblando, toda temblando, con el corazón en la boca, así como lo digo. Dios mío –pensé– concédeselo, y ya ve usted que el Señor se lo concedió. Todavía sigo temblando, señora, sigo toda temblando.

–Aleksei Ivanovich, después de la comida, a eso de las cuatro, prepárate y vamos. Pero adiós por ahora. Y no te olvides de mandarme un mediquillo, porque tengo que tomar las aguas. Y a lo mejor se te olvida.

Me alejé de la abuela como si estuviera ebrio. Procuraba imaginarme lo que sería ahora de nuestra gente y qué giro tomarían los acontecimientos. Veía claramente que ninguno de ellos (y, en particular, el general) se había repuesto todavía de la primera impresión. La aparición de la abuela en vez del telegrama esperado de un momento a otro anunciando su muerte (y, por lo tanto, la herencia) quebrantó el esquema de sus designios y acuerdos hasta el punto de que, con evidente atolondramiento y algo así como pasmo que los contagió a todos, presenciaron las ulteriores hazañas de la abuela en la ruleta. Mientras tanto, este segundo factor era casi tan importante como el primero, porque aunque la abuela había repetido dos veces que no daría dinero al general, ¿quién podía asegurar que así fuera? De todos modos no convenía perder aún la esperanza. No la había perdido Des Grieux, comprometido en todos los asuntos del general. Yo estaba seguro de que *mademoiselle* Blanche, que también andaba en ellos (¡cómo no! generala y con una herencia considerable), tampoco perdería la esperanza y usaría con la abuela de todos los hechizos de la coquetería, en contraste con las rígidas y desmañadas muestras de afecto de la altanera Polina. Pero ahora, ahora que la abuela había realizado tales hazañas en la ruleta, ahora que la personalidad de la abuela se dibujaba tan nítida y típicamente (una vieja testaruda y mandona y *tombée en enfance*); ahora quizá todo estaba perdido, porque estaba contenta, como un niño, de "haber dado el golpe" y, como sucede en tales casos, acabaría por perder hasta las pestañas. Dios mío, pensaba yo (y, que Dios me perdone, con hilaridad rencorosa), Dios mío, cada federico de oro que la abuela acababa de apostar había sido de seguro una puñalada en el corazón del general, había hecho rabiar a Des Grieux y puesto a *mademoiselle* de Cominges al borde del frenesí, porque para ella era como quedarse con la miel en los labios. Un detalle más: a pesar de las ganancias y el regocijo, cuando la abuela repartía dinero entre todos y tomaba a cada transeúnte por un mendigo, seguía diciendo con desgaire al general: "¡A ti, sin embargo, no te doy nada!". Ello suponía que estaba encastillada en esa idea, que no cambiaría de actitud, que se había prometido a sí misma mantenerse en sus trece. ¡Era peligroso, peligroso! Yo llevaba la cabeza llena de cavilaciones de esta índole cuando desde la habitación de la abuela subía por la escalera principal a mi cuchitril, en el último piso.

Todo ello me preocupaba hondamente. Aunque ya antes había podido vislumbrar los hilos principales, los más gruesos, que enlazaban a los actores, lo cierto era, sin embargo, que no conocía todas las trazas y secretos del juego. Polina nunca se había sincerado plenamente conmigo. Aunque era cierto que de cuando en cuando, como a regañadientes, me descubría su corazón, yo había notado que con frecuencia, mejor dicho, casi siempre después de tales confidencias, se burlaba de lo dicho, o lo tergiversaba y le daba a propósito un tono de embuste. ¡Ah, ocultaba muchas cosas! En todo caso, yo presentía que se acercaba el fin de esta situación misteriosa y tirante. Una conmoción más y todo quedaría concluido y al descubierto. En cuanto a mí, implicado también en todo ello, apenas me preocupaba de lo que podía pasar. Era raro mi estado de ánimo: en el bolsillo tenía en total veinte federicos de oro; me hallaba en tierra extraña, lejos de la propia, sin trabajo y sin medios de subsistencia, sin esperanza, sin posibilidades, y, sin embargo, no me sentía inquieto. Si no hubiera sido por Polina, me hubiera entregado sin más al interés cómico en el próximo desenlace y me hubiera reído a mandíbula batiente. Pero Polina me inquietaba; presentía que su suerte iba a decidirse, pero confieso que no era su suerte lo que me traía de cabeza. Yo quería penetrar en sus secretos. Yo deseaba que viniera a mí y me dijera: "Te quiero"; pero si eso no podía ser, si era una locura inconcebible, entonces... ¿qué cabía desear? ¿Acaso sabía yo mismo lo que quería? Me sentía despistado; sólo ambicionaba estar junto a ella, en su aureola, en su nimbo, siempre, toda la vida, eternamente. Fuera de eso no sabía nada. ¿Y acaso podía apartarme de ella?

En el tercer piso, en el corredor de ellos, sentí algo así como un empujón. Me volví y a veinte pasos o más de mí vi a Polina que salía de su habitación. Se diría que me había estado esperando y al momento me hizo seña de que me acercara.

—Polina Aleks...

—¡Más bajo! —me advirtió.

—Figúrese —murmuré—, acabo de sentir como un empellón en el costado. Miro a mi alrededor y ahí estaba usted. Es como si usted exhalara algo así como un fluido eléctrico.

—Tome esta carta —dijo Polina pensativa y ceñuda, probablemente sin haber oído lo que le había dicho— y en seguida entréguesela en propia mano a míster Astley. Cuanto antes, se lo ruego. No hace falta contestación. Él mismo... No terminó la frase.

—¿A míster Astley? —pregunté con asombro. Pero Polina ya había cerrado la puerta.

Fui, por supuesto, corriendo a buscar a míster Astley, primero en su hotel, donde no lo hallé, luego en el Casino, donde recorrí todas las salas, y, por último, camino ya de casa, irritado, desesperado, tropecé con él inopinadamente. Iba a caballo, formando parte de una cabalgata de ingleses de ambos sexos. Le hice una seña, se detuvo y le entregué la carta. No tuvimos tiempo ni para mirarnos; pero sospecho que míster Astley, adrede, espoleó en seguida a su montura. ¿Me atormentaban los celos? En todo caso, me sentía deshecho de ánimo. Ni siquiera deseaba averiguar sobre qué se escribían. ¡Con que él era su confidente! "Amigo, lo que se dice amigo —pensaba yo—, está claro que lo es (pero ¿cuándo ha tenido tiempo para llegar a serlo?); ahora bien, ¿hay aquí amor? Claro que no" —me susurraba el sentido común. Pero el sentido común, por sí solo, no basta en tales circunstancias. De todos modos, también esto quedaba por aclarar. El asunto se complicaba de modo desagradable. Apenas entré en el hotel cuando el conserje y el Oberkellner, que salía de su habitación, me hicieron saber que se preguntaba por mí, que se me andaba buscando y que se había mandado tres veces a averiguar dónde estaba; y me pidieron que me presentara cuanto antes en la habitación del general. Yo estaba de pésimo humor. En el gabinete del general se encontraban, además de éste, Des Grieux y *mademoiselle* Blanche, sola, sin la madre. Estaba claro que la madre era postiza, utilizada sólo para cubrir las apariencias; pero cuando era cosa de bregar con un asunto de verdad, entonces *mademoiselle* Blanche se las arreglaba sola. Sin contar que la madre apenas sabía nada de los negocios de su supuesta hija. Los tres estaban discutiendo acaloradamente sobre algo, y hasta la puerta del gabinete estaba cerrada, lo cual nunca había ocurrido antes. Cuando me acerqué a la puerta oí voces destempladas –las palabras insolentes y mordaces de Des Grieux, los gritos descarados, abusivos y furiosos de Blanche y la voz quejumbrosa del general, quien, por lo visto, se estaba disculpando de algo–. Al entrar yo, los tres parecieron serenarse y dominarse. Des Grieux se alisó los cabellos y de su rostro airado sacó una sonrisa, esa sonrisa francesa repugnante, oficialmente cortés, que tanto detesto. El acongojado y decaído general tomó un aire digno, aunque un tanto maquinalmente. Sólo *mademoiselle* Blanche mantuvo inalterada su fisonomía, que chispeaba de cólera. Calló, fijando en mí su mirada con impaciente expectación. Debo apuntar que hasta entonces me había tratado con la más absoluta indiferencia, sin contestar siquiera a mis saludos, como si no se percatara de mi presencia.

–Aleksei Ivanovich –dijo el general en un tono de suave reconvención–, permita que le indique que es extraño, sumamente extraño, que..., en una palabra, su conducta conmigo y con mi familia..., en una palabra, sumamente extraño...

–*Eh! ce n'est pas ça!* –interrumpió Des Grieux irritado y desdeñosamente. (Estaba claro que era él quien llevaba la voz cantante)–. *Mon cher monsieur, notre cher général se trompe,* al adoptar ese tono –continuaré sus comentarios en ruso–, pero él quería decirle... es decir, advertirle, o, mejor dicho, rogarle encarecidamente que no le arruine (eso, que no le arruine). Uso a propósito esa expresión...

–¿Pero qué puedo yo hacer? ¿Qué puedo? –interrumpí.

–Perdone, usted se propone ser el guía (¿o cómo llamarlo?) de esa vieja, *cette pauvre terrible vieille* –el propio

Des Grieux perdía el hilo–, pero es que va a perder; perderá hasta la camisa. ¡Usted mismo vio cómo juega, usted mismo fue testigo de ello! Si empieza a perder no se apartará de la mesa, por terquedad, por porfía, y seguirá jugando y jugando, y en tales circunstancias nunca se recobra lo perdido, y entonces... entonces...

–¡Y entonces –corroboró el general–, entonces arruinará usted a toda la familia! A mí y a mi familia, que somos sus herederos, porque no tiene parientes más allegados. Le diré a usted con franqueza que mis asuntos van mal, rematadamente mal. Usted mismo sabe algo de ello... Si ella pierde una suma considerable o ¿quién sabe? toda su hacienda (¡Dios no lo quiera!), ¿qué será entonces de ellos, de mis hijos? (el general volvió los ojos a Des Grieux–, ¿qué será de mí? –miró a *mademoiselle* Blanche, que con desprecio le volvió la espalda–. ¡Aleksei Ivanovich, sálvenos usted, sálvenos!

–Pero dígame, general, ¿cómo puedo yo, cómo puedo... ? ¿Qué papel hago yo en esto?

–¡Niéguese, niéguese a ir con ella! ¡Déjela!

–¡Encontrará a otro! –exclamé.

–*Ce n'est pas la, ce n'est pas ça* –atajó de nuevo Des Grieux–, *que diable!* No, no la abandone, pero al menos amonéstela, trate de persuadirla, apártela del juego... y, como último recurso, no la deje perder demasiado, distráigala de algún modo.

–¿Y cómo voy a hacer eso? Si usted mismo se ocupase de eso, *monsieur* Des Grieux... –agregué con la mayor inocencia. En ese momento noté una mirada rápida, ardiente e inquisitiva que *mademoiselle* Blanche dirigió a Des Grieux. Por la cara de éste pasó fugazmente algo peculiar, algo revelador que no pudo reprimir.

–¡Ahí está la cosa; que por ahora no me aceptará! –exclamó Des Grieux gesticulando con la mano–. Si por acaso... más tarde... Des Grieux lanzó una mirada rápida y significativa a *mademoiselle* Blanche.

—*O mon cher monsieur Alexis, soyez si bon* —la propia *mademoiselle* Blanche dio un paso hacia mí sonriendo encantadoramente, me cogió ambas manos y me las apretó con fuerza. ¡Qué demonio! Ese rostro diabólico sabía transfigurarse en un segundo. ¡En ese momento tomó un aspecto tan suplicante, tan atrayente, se sonreía de manera tan candorosa y aun tan pícara! Al terminar la frase me hizo un guiño disimulado, a hurtadillas de los demás; se diría que quería rematarme allí mismo. Y no salió del todo mal, sólo que todo ello era grosero y, por añadidura, horrible. Tras ella vino trotando el general, así como lo digo, trotando.

—Aleksei Ivanovich, perdóneme por haber empezado a decirle hace un momento lo que de ningún modo me proponía decirle... Le ruego, le imploro, se lo pido a la rusa, inclinándome ante usted... ¡Usted y sólo usted puede salvarnos! *mademoiselle*. Blanche y yo se lo rogamos... ¿Usted me comprende, no es verdad que me comprende? —imploró, señalándome con los ojos a *mademoiselle* Blanche. Daba lástima. En ese instante se oyeron tres golpes leves y respetuosos en la puerta. Abrieron. Había llamado el camarero de servicio. Unos pasos detrás de él estaba Potapych. Venían de parte de la abuela, quien los había mandado a buscarme y llevarme a ella en seguida. Estaba "enfadada", aclaró Potapych.

—¡Pero si son sólo las tres y media!

—La señora no pudo dormir; no hacía más que dar vueltas; y de pronto se levantó, pidió la silla y mandó a buscarle a usted. Ya está en el pórtico del hotel.

—*Quelle mégére!* —exclamó Des Grieux. En efecto, encontré a la abuela en el pórtico, consumida de impaciencia porque yo no estaba allí. No había podido aguantar hasta las cuatro.

—¡Vamos, levántame! —chilló, y de nuevo nos pusimos en camino hacia la ruleta.

Capítulo XII

La abuela estaba de un humor impaciente e irritable. Era claro que la ruleta le había causado una profunda impresión. Todo lo demás le pasaba desapercibido, y en general se mostraba muy distraída. Durante el camino, por ejemplo, no hizo una sola pregunta como las que había hecho antes. Cuando vio un magnífico carruaje que pasó junto a nosotros como una exhalación, apenas levantó la mano y preguntó: "¿Qué es eso? ¿De quién?", pero evidentemente sin que le importara mi respuesta. Su ensimismamiento se veía interrumpido a cada instante por gestos y estremecimientos abruptos e impacientes. Cuando estábamos cerca del Casino, le señalé desde lejos al barón y a la baronesa de Burmerhelm; la abuela los miró abstraída y dijo con completa indiferencia: "¡Ah!". Se volvió de pronto a Potapych y Marfa, que venían detrás, y les dijo secamente:

—A ver, a ver, ¿por qué me están siguiendo? ¡No voy a traerlos todas las veces! ¡Vayan a casa! Contigo es suficiente —añadió dirigiéndose a mí cuando los otros se apresuraron a despedirse y volvieron sobre sus pasos. En el Casino ya esperaban a la abuela. Al momento le hicieron sitio en el mismo lugar de antes, junto al crupier. Se me antoja que estos crupieres, siempre tan finos y tan empeñados en no parecer sino empleados ordinarios a quienes les da igual que la banca gane o pierda, no son en realidad indiferentes a que la banca pierda, y por supuesto reciben instrucciones para atraer jugadores y aumentar los beneficios oficiales; a este fin reciben sin duda premios y gratificaciones. Sea como fuere, miraban ya a la abuela como víctima. Acabó por suceder lo que veníamos temiendo. He aquí cómo pasó la cosa. La abuela se lanzó sin más sobre el cero y me mandó apostar a él doce federicos de oro. Se hicieron una, dos, tres posturas... y el cero no salió. "¡Haz la apuesta, hazla!" "decía la abuela dándome codazos de impaciencia. Yo obedecí.

–¿Cuántas apuestas has hecho? –preguntó, rechinando los dientes de ansiedad.

–Doce, abuela. He apostado ciento cuarenta y cuatro federicos de oro. Le digo a usted que quizá hasta la noche...

–¡Cállate! –me interrumpió–. Apuesta al cero y pon al mismo tiempo mil gulden al rojo. Aquí tienes el billete.

Salió el rojo, pero otra vez falló el cero; le entregaron mil gulden.

–¿Ves, ves? –murmuró la abuela–. Nos han devuelto casi todo lo apostado. Apuesta de nuevo al cero; apostaremos diez veces más a él y entonces lo dejamos.

Pero a la quinta vez la abuela acabó por cansarse.

–¡Mande ese cero asqueroso al diablo! ¡Ahora ponga esos cuatro mil gulden al rojo! –ordenó.

–¡Abuela, eso es mucho! ¿Y qué, si no sale el rojo? –le dije en tono de súplica; pero la abuela casi me molió a golpes. (En efecto, me daba tales codazos que parecía que se estaba peleando conmigo.)

No había nada que hacer. Aposté al rojo los cuatro mil gulden que ganamos esa mañana. Giró la rueda. La abuela, tranquila y orgullosa, se enderezó en su silla sin dudar de que ganaría irremisiblemente.

–Zéro! –anunció el crupier. Al principio la abuela no comprendió; pero cuando vio que el crupier recogía sus cuatro mil gulden junto con todo lo demás que había en la mesa, y se dio cuenta de que el cero, que no había salido en tanto tiempo y al que habíamos apostado en vano casi doscientos federicos de oro, había salido como de propósito tan pronto como ella lo había insultado y abandonado, dio un suspiro y extendió los brazos con gesto que abarcaba toda la sala. En torno suyo rompieron a reír.

–¡Pero si será...! ¡Conque ha asomado ese maldito! –aulló la abuela–. ¡Pero se habrá visto qué condenado! ¡Tú tienes la culpa! ¡Tú! –y se echó sobre mí con saña, empujándome–. ¡Tú me lo quitaste de la cabeza!

–Abuela, yo le dije lo que dicta el sentido común. ¿Acaso puedo yo responder de las probabilidades?

–¡Ya te daré yo probabilidades! –murmuró en tono amenazador–. ¡Largo de aquí!

–Adiós, abuela –y me volví para marcharme.

–¡Aleksei Ivanovich, Aleksei Ivanovich, quédate! ¿Adónde vas? ¿Pero qué tienes? ¿Enfadado, eh? ¡Tonto! ¡Quédate, quédate, no te sulfures! La tonta soy yo. Pero dime, ¿qué hacemos ahora?

–Abuela, no me atrevo a aconsejarla porque me echará usted la culpa. Juegue sola. Usted decide qué apuesta hay que hacer y yo la hago.

–¡Bueno, bueno! Ponga otros cuatro mil gulden al rojo. Aquí tienes el monedero. Tómalos. –Sacó del bolso el monedero y me lo dio–. ¡Vamos, tómalos! Ahí hay veinte mil rublos en dinero contante.

–Abuela –dije en voz baja–, una suma tan enorme...

–Que me muera si no gano todo lo perdido... ¡Apuesta! Apostamos y perdimos.

–¡Apuesta, apuesta los ocho mil!

–¡No se puede, abuela, el máximo son cuatro mil!...

–¡Entonces ponga cuatro!

Esta vez ganamos. La abuela se animó. "¿Ves, ves? –dijo dándome con el codo–. ¡Ponga cuatro otra vez!". Apostamos y perdimos; luego perdimos dos veces más.

—Abuela, hemos perdido los doce mil —le indiqué.

—Ya veo que los hemos perdido —dijo ella con tono de furia tranquila, si así cabe decirlo—; lo veo, amigo, lo veo —murmuró mirando ante sí, inmóvil y como cavilando algo—. ¡Ay, que me muero si no...! ¡Ponga otros cuatro mil gulden!

—No queda dinero, abuela. En la cartera hay unos certificados rusos del cinco por ciento y algunas libranzas, pero no hay dinero.

—¿Y en el bolso?

—Apenas algunas monedas, abuela.

—¿Hay aquí agencias de cambio? Me dijeron que podría cambiar todo nuestro papel —preguntó la abuela sin pararse en barras.

—¡Oh, todo el que usted quiera! Pero de lo que perdería usted en el cambio se asustaría un judío.

—¡Pavadas! Voy a ganar todo lo perdido. Llévame. ¡Llama a esos gandules!

Aparté la silla, aparecieron los cargadores y salimos del Casino. "¡De prisa, de prisa, de prisa!" —ordenó la abuela—. Enseña el camino, Aleksei Ivanovich, y llévame por el más corto... ¿Queda lejos?

—Está a dos pasos, abuela.

Pero en la glorieta, a la entrada de la avenida, salió a nuestro encuentro toda nuestra pandilla: el general, Des Grieux y *mademoiselle*. Blanche con su madre. Polina Aleksandrovna no estaba con ellos, ni tampoco míster Astley.

—¡Bueno, bueno, bueno! ¡No hay que detenerse! —gritó la abuela—. Pero ¿qué quieren? ¡Ahora no tengo tiempo que perder con ustedes!

Yo iba detrás. Des Grieux se me acercó.

—Ha perdido todo lo que había ganado antes, y encima doce mil gulden de su propio dinero. Ahora vamos a cambiar unos certificados del cinco por ciento —le dije rápidamente por lo bajo.

Des Grieux dio una patada en el suelo y corrió a informar al general. Nosotros continuamos nuestro camino con la abuela.

–¡Deténgala, deténgala! –me susurró el general con frenesí.

–¡A ver quién es el guapo que la detiene! –le contesté también con un susurro.

–¡Tía! –dijo el general acercándose–, tía... casualmente ahora mismo... ahora mismo... –le temblaba la voz y se le quebraba– íbamos a alquilar caballos para ir de excursión al campo... Una vista espléndida... una cúspide... veníamos a invitarla a usted.

–¡Quítate allá con tu cúspide! –le dijo con enojo la abuela, indicándole con un gesto que se apartara.

–Allí hay árboles... tomaremos el té... –prosiguió el general, presa de la mayor desesperación.

–*Nous boirons du lait, sur l'herbe fraîche* –agregó Des Grieux con vivacidad brutal. *Du lait, de l'herbe fraiche* –esto es lo que un burgués de París considera como lo más idílico; en esto consiste, como es sabido, su visión de "la naturaleza y la verdad".

–¡Y tú también, quítate allá con tu leche! ¡Bébetela tú mismo, que a mí me da dolor de vientre. ¿Y por qué me importunas? –gritó la abuela–. He dicho que no tengo tiempo que perder.

–¡Hemos llegado, abuela! –dije–. Es aquí.

Llegamos a la casa donde estaba la agencia de cambio. Entré a cambiar y la abuela se quedó en la puerta. Des Grieux, el general y *mademoiselle* Blanche se mantuvieron apartados sin saber qué hacer. La abuela les miró con ira y ellos tomaron el camino del Casino.

Me propusieron una tarifa de cambio tan atroz que no me decidí a aceptarla y salí a pedir instrucciones a la abuela.

–¡Qué ladrones! –exclamó levantando los brazos–. ¡En fin, no hay nada que hacer! ¡Cambia! –gritó con resolución–. Espera, dile al cambista que venga aquí.

–¿Uno cualquiera de los empleados, abuela?

–Cualquiera, da lo mismo. ¡Qué ladrones!

El empleado consintió en salir cuando supo que quien lo llamaba era una condesa anciana e impedida que no podía andar. La abuela, muy enojada, le reprochó largo rato y en voz alta por lo que consideraba una estafa y estuvo regateando con él en una mezcla de ruso, francés y alemán, a cuya traducción ayudaba yo. El empleado nos miraba gravemente, sacudiendo en silencio la cabeza. A la abuela la observaba con una curiosidad tan intensa que rayaba en descortesía. Por último, empezó a sonreírse.

–¡Bueno, andando! –exclamó la abuela–. ¡Ojalá se le atragante mi dinero! Que te lo cambie Aleksei Ivanovich; no hay tiempo que perder, y además habría que ir a otro sitio...

–El empleado dice que otros darán menos. No recuerdo con exactitud la tarifa que fijaron, pero era horrible. Me dieron un total de doce mil florines en oro y billetes. Tomé el paquete y se lo llevé a la abuela.

–Bueno, bueno, no hay tiempo para contarlo –gesticuló con los brazos–, ¡de prisa, de prisa, de prisa! Nunca más volveré a apostar a ese condenado zéro; ni al rojo tampoco –dijo cuando llegábamos al Casino. Esta vez hice todo lo posible para que apostara cantidades más pequeñas, para persuadirla de que cuando cambiara la suerte habría tiempo de apostar una cantidad considerable. Pero estaba tan impaciente que, si bien accedió al principio, fue del todo imposible refrenarla a la hora de jugar. No bien empezó a ganar posturas de diez o veinte federicos de oro, se puso a darme con el codo:

–¡Bueno, ya ves, ya ves! Hemos ganado. Si en lugar de diez hubiéramos apostado cuatro mil, habríamos ganado cuatro mil. ¿Y ahora qué? ¡Tú tienes la culpa, tú solo!

Y, aunque irritado por su manera de jugar, decidí por fin callarme y no darle más consejos. De pronto se acercó Des Grieux. Los tres estaban allí al lado. Yo había notado que *mademoiselle* Blanche se hallaba un poco aparte con su madre y que coqueteaba con el príncipe. El general estaba claramente en desgracia, casi postergado. Blanche ni siquiera le miraba, aunque él revoloteaba en torno a ella a más y mejor. ¡Pobre general! Empalidecía, enrojecía, temblaba y hasta apartaba los ojos del juego de la abuela. Blanche y el principito se fueron por fin y el general salió corriendo tras ellos.

–*Madame, madame* –murmuró Des Grieux con voz melosa, casi pegándose al oído de la abuela–. *Madame*, esa apuesta no resultará... no, no, no es posible... –dijo chapurreando el ruso–, ¡no!

–Bueno, ¿cómo entonces? ¡Vamos, enséñeme! –contestó la abuela, volviéndose a él.

De pronto Des Grieux se puso a parlotear rápidamente en francés, a dar consejos, a agitarse; dijo que era preciso anticipar las probabilidades, empezó a citar cifras... la abuela no entendía nada. Él se volvía continuamente a mí para que tradujera; apuntaba a la mesa y señalaba algo con el dedo; por último, cogió un lápiz y se dispuso a apuntar unos números en un papel. La abuela acabó por perder la paciencia.

–¡Vamos, fuera, fuera! ¡No dices más que tonterías! "*Madame, madame*" y ni él mismo entiende nada de lo que dice. ¡Fuera!

–*Mais, madame* –murmuró Des Grieux, empezando de nuevo a empujar y apuntar con el dedo.

–Bien, haz una apuesta como dice –me ordenó la abuela–. Vamos a ver: quizá salga en efecto. Des Grieux quería disuadirla de hacer apuestas grandes. Sugería que se apostase a dos números, uno a uno o en grupos. Siguiendo sus indicaciones puse un federico de oro en cada uno de los doce primeros números impares, cinco federicos de oro en los números del doce al dieciocho y cuatro del dieciocho al veinticuatro. En total aposté dieciséis federicos de oro. Giró la rueda. "Zéro" –gritó el banquero. Lo perdimos todo.

—¡Valiente majadero! —exclamó la abuela dirigiéndose a Des Grieux—. ¡Vaya franchute asqueroso! ¡Y el monstruo se las da de consejero! ¡Fuera, fuera! ¡No entiende jota y se mete donde no le llaman!

Des Grieux, terriblemente ofendido, se encogió de hombros, miró despreciativamente a la abuela y se fue. A él mismo le daba vergüenza de haberse entrometido, pero no había podido contenerse. Al cabo de una hora, a pesar de nuestros esfuerzos, lo perdimos todo.

—¡A casa! —gritó la abuela. No dijo palabra hasta llegar a la avenida. En ella, y cuando ya llegábamos al hotel, prorrumpió en exclamaciones:

—¡Qué imbécil! ¡Qué mentecata! ¡Eres una vieja, una vieja idiota! No bien llegamos a sus habitaciones gritó: "¡Que me traigan té, y a prepararse en seguida, que nos vamos!".

—¿Adónde piensa ir la señora? —se aventuró a preguntar Marfa.

—¿Y a ti qué te importa? Cada mochuelo a su olivo. Potapych, prepáralo todo, todo el equipaje. ¡Nos volvemos a Moscú! He despilfarrado quince mil rublos.

—¡Quince mil, señora! ¡Dios mío! —exclamó Potapych, levantando los brazos con gesto conmovedor, tratando probablemente de ayudar en algo.

—¡Bueno, bueno, tonto! ¡Ya ha empezado a lloriquear! ¡Silencio! ¡Prepara las cosas! ¡La cuenta, pronto, hala!

—El próximo tren sale a las nueve y media, abuela —indiqué yo, para poner fin a su arrebato.

—¿Y qué hora es ahora?

—Las siete y media.

—¡Qué fastidio! En fin, es igual. Aleksei Ivanovich, no me queda un kopek. Aquí tienes estos dos billetes. Ve corriendo al mismo sitio y cámbialos también. De lo contrario no habrá con qué pagar el viaje. Salí a cambiarlos. Cuando volví al hotel, media hora después encontré a toda la pandilla en la habitación de la abuela. La noticia de que ésta salía inmediatamente para Moscú pareció inquietarles aún más que la de las pérdidas de juego que había sufrido. Pongamos, sí, que su fortuna se salvaba con ese regreso, pero ¿qué iba a ser ahora del general? ¿Quién iba a pagar a Des Grieux? Por supuesto, *mademoiselle* Blanche no esperaría hasta que muriera la abuela y escurriría el bulto con el príncipe o con otro cualquiera. Se hallaban todos ante la anciana, consolándola y tratando de persuadirla. Tampoco esta vez estaba Polina presente. La abuela les increpaba con furia.

—¡Déjenme en paz, demonios! ¿A vosotros qué os importa? ¿Qué quiere conmigo ese barba de chivo? —gritó a Des Grieux—. ¿Y tú, pájara, qué necesitas? —dijo dirigiéndose a *mademoiselle* Blanche—. ¿A qué viene ese mariposeo?

—¡Diantre! —murmuró *mademoiselle* Blanche con los ojos brillantes de rabia; pero de pronto lanzó una carcajada y se marchó.

—*Elle vivra cent ans!* —le gritó al general desde la puerta.

—¡Ah!, ¿conque contabas con mi muerte? —aulló la abuela al general—. ¡Fuera de aquí! ¡Échalos a todos, Aleksei Ivanovich! ¿A ellos qué les importa? ¡Me he jugado lo mío, no lo vuestro!

El general se encogió de hombros, se inclinó y salió. Des Grieux se fue tras él.

—Llama a Praskovya —ordenó la abuela a Marfa. Cinco minutos después Marfa volvió con Polina. Durante todo este tiempo Polina había permanecido en su cuarto con los niños y, al parecer, había resuelto no salir de él en todo el día. Su rostro estaba grave, triste y preocupado.

—Praskovya —comenzó diciendo la abuela—, ¿es cierto lo que he oído indirectamente, que ese imbécil de padrastro tuyo quiere casarse con esa gabacha frívola? ¿Es actriz, no? ¿O algo peor todavía? Dime, ¿es verdad?

—No sé nada de ello con certeza, abuela —respondió Colina—, pero, a juzgar por lo que dice la propia *mademoiselle* Blanche, que no estima necesario ocultar nada, saco la impresión...

–¡Basta! –interrumpió la abuela con energía–. Lo comprendo todo. Siempre he pensado que le sucedería algo así, y siempre le he tenido por hombre superficial y liviano. Está muy pagado de su generalato (al que le ascendieron de coronel cuando pasó al retiro) y no hace más que pavonearse. Yo, querida, lo sé todo; cómo enviaron un telegrama tras otro a Moscú preguntando "si la vieja estiraría pronto la pata". Esperaban la herencia; porque a él, sin dinero, esa mujerzuela, ¿cómo se llama, de Cominges? no le aceptaría ni como lacayo, mayormente cuando tiene dientes postizos. Dicen que ella tiene un montón de dinero que da a usura y que ha amasado una fortuna. A ti, Praskovya, no te culpo; no fuiste tú la que mandó los telegramas; y de lo pasado tampoco quiero acordarme. Sé que tienes un humorcillo ruin, ¡una avispa! que picas hasta levantar verdugones, pero te tengo lástima porque quería a tu madre Katerina, que en paz descanse. Bueno, ¿te animas? Deja todo esto de aquí y vente conmigo. En realidad no tienes dónde meterte; y ahora es indecoroso que estés con ellos. ¡Espera –interrumpió la abuela cuando Polina iba a contestar–, que no he acabado todavía! No te exigiré nada. Tengo casa en Moscú, como sabes, un palacio donde puedes ocupar un piso entero y no venir a verme durante semanas y semanas si no te gusta mi genio. ¿Qué, quieres o no?

–Permita que le pregunte primero si de veras quiere usted irse en seguida.

–¿Es que estoy bromeando, niña? He dicho que me voy y me voy. Hoy he despilfarrado quince mil rublos en vuestra condenada ruleta. Hace cinco años hice la promesa de reedificar en piedra, en las afueras de Moscú, una iglesia de madera, y en lugar de eso me he jugado el dinero aquí. Ahora niña, me voy a construir esa iglesia.

–¿Y las aguas, abuela? Porque, al fin y al cabo, vino usted a beberlas.

–¡Quítate allá con tus aguas! No me irrites, Praskovya. Lo haces adrede, ¿no es verdad? Dime, ¿te vienes o no?

–Le agradezco mucho, pero mucho, abuela –dijo Polina emocionada–, el refugio que me ofrece. En parte ha adivinado mi situación. Le estoy tan agradecida que, créame, iré a reunirme con usted y quizá pronto; pero ahora de momento hay motivos... importantes... y no puedo decidirme en este instante mismo. Si se quedara usted un par de semanas más...

–Lo que significa que no quieres.

–Lo que significa que no puedo. En todo caso, además, no puedo dejar a mi hermano y mi hermana, y como... como... como efectivamente puede ocurrir que queden abandonados, pues...; si nos recoge usted a los pequeños y a mí, abuela, entonces sí, por supuesto, iré a reunirme con usted, ¡y créame que haré merecimientos para ello! –añadió con ardor–; pero sin los niños no puedo.

–Bueno, no gimotees (Polina no pensaba en gimotear y no lloraba nunca); ya encontraremos también sitio para esos polluelos: un gallinero grande. Además, ya es hora de que estén en la escuela. ¿De modo que no te vienes ahora? Bueno, mira, Praskovya, te deseo buena suerte, pues sé por qué no te vienes. Lo sé todo, Praskovya. Ese franchute no procurará tu bien.

Polina enrojeció. Yo por mi parte me sobresalté. (¡Todos lo saben! ¡Yo soy, pues, el único que no sabe nada!).

–Vaya, vaya, no frunzas el entrecejo. No voy a cotillear. Ahora bien, ten cuidado de que no ocurra nada malo, ¿entiendes? Eres una chica lista; me daría lástima de ti. Bueno, basta. Más hubiera valido no haber visto a ninguno de ustedes. ¡Anda, vete! ¡Adiós!

–Abuela, la acompañaré a usted –dijo Polina.

–No es preciso, déjame en paz; todos ustedes me tienen cansada.

Polina besó la mano a la abuela, pero ésta la retiró y besó a Polina en la mejilla. Al pasar junto a mí, Polina me lanzó una rápida ojeada y en seguida apartó los ojos.

–Bueno, adiós a ti también, Aleksei Ivanovich. Sólo falta una hora para la salida del tren. Pienso que te habrás cansado de mi compañía. Vamos, toma estos cincuenta federicos de oro.

—Muy agradecido, abuela, pero me da vergüenza...

—¡Vamos, vamos! —gritó la abuela, pero en tono tan enérgico y amenazador que no me atreví a objetar y tomé el dinero.

—En Moscú, cuando andes sin colocación, ven a verme. Te recomendaré a alguien. ¡Ahora, fuera de aquí!

Fui a mi habitación y me eché en la cama. Creo que pasé media hora boca arriba, con las manos cruzadas bajo la cabeza. Se había producido ya la catástrofe y había en qué pensar. Decidí hablar en serio con Polina al día siguiente. ¡Ah, el franchute! ¡Así, pues, era verdad! ¿Pero qué podía haber en ello? ¿Polina y Des Grieux? ¡Dios, qué pareja! Todo ello era sencillamente increíble. De pronto di un salto y salí como loco en busca de míster Astley para hacerle hablar fuera como fuera. Por supuesto que de todo ello sabía más que yo. ¿Míster Astley? ¡He ahí otro misterio para mí! Pero de repente alguien llamó a mi puerta. Miré y era Potapych.

—Aleksei Ivanovich, la señora pide que vaya usted a verla.

—¿Qué pasa? ¿Se va, no? Faltan todavía veinte minutos para la salida del tren.

—Está intranquila; no puede estarse quieta. "¡De prisa, de prisa!", es decir, que viniera a buscarle a usted. Por Dios santo, no se retrase.

Bajé corriendo al momento. Sacaban ya a la abuela al pasillo. Tenía el bolso en la mano.

—Aleksei Ivanovich, ve tú delante, ¡andando!

—¿Adónde, abuela?

—¡Que me muera si no gano lo perdido! ¡Vamos, en marcha, y nada de preguntas! ¿Allí se juega hasta medianoche? Me quedé estupefacto, pensé un momento, y en seguida tomé una decisión.

—Haga lo que le plazca, Antonida Vasilyevna, pero yo no voy.

–¿Y eso por qué? ¿Qué hay de nuevo ahora? ¿Qué diablos les pasa?

–Haga lo que guste, pero después yo mismo me reprocharía, y no quiero hacerlo. No quiero ser ni testigo ni participante. ¡No me eche usted esa carga encima, Antonida Vasilyevna! Aquí tiene sus cincuenta federicos de oro. ¡Adiós! –y poniendo el paquete con el dinero en la mesita junto a la silla de la abuela, saludé y me fui.

–¡Valiente tontería! –exclamó la abuela tras mí–; pues no vayas, que quizá yo misma encuentre el camino. ¡Potapych, ven conmigo! ¡A ver, levántame y vamos!

No hallé a míster Astley y volví a casa. Más tarde, a la una de la madrugada, supe por Potapych cómo terminó el día de la abuela. Perdió todo lo que poco antes yo le había cambiado, es decir, diez mil rublos más en moneda rusa. En el casino se pegó a sus faldas el mismo polaquillo a quien antes había dado dos federicos de oro, y quien estuvo continuamente dirigiendo su juego. Al principio, hasta que se presentó el polaco, mandó hacer las posturas a Potapych, pero pronto lo despidió; y fue entonces cuando asomó el polaco. Para mayor desdicha, éste entendía el ruso e incluso chapurreaba una mezcla de tres idiomas, de modo que hasta cierto punto se entendían. La abuela no paraba de insultarle sin piedad, aunque él decía de continuo que "se ponía a los pies de la señora".

–Pero ¿cómo compararle con usted, Aleksei Ivanovich? –decía Potapych–. A usted la señora le trataba exactamente como a un caballero, mientras que ése (mire, lo vi con mis propios ojos, que me quede en el sitio si miento), estuvo robándole lo que estaba allí mismo en la mesa; ella misma lo agarró con las manos en la masa dos veces. Le puso como un trapo, con todas las palabras habidas y por haber, y hasta le tiró del pelo una vez, así como lo oye usted, que no miento, y todo el mundo alrededor se echó a reír. Perdió todo, señor, todo lo que tenía, todo

lo que usted había cambiado. Trajimos aquí a la señora, pidió de beber sólo un poco de agua, se santiguó, y
a su camita. Estaba rendida, claro, y se durmió en un
tris. ¡Que Dios le haya mandado sueños de ángel! ¡Ay,
estas tierras extranjeras! –concluyó Potapych–. ¡Ya decía
yo que traerían mala suerte! ¡Cómo me gustaría estar en
nuestro Moscú cuanto antes! ¡Y como si no tuviéramos
una casa en Moscú! Jardín, flores de las que aquí no hay,
aromas, las manzanas madurándose, mucho sitio... ¡Pues
nada: que teníamos que ir al extranjero!

Capítulo XIII

Ya pasó casi un mes desde que toqué por última vez estas notas que comencé a escribir bajo el efecto de impresiones tan fuertes como confusas. La catástrofe, cuya inminencia presentía, se produjo efectivamente, pero cien veces más devastadora e inesperada de lo que había pensado. En todo ello había algo extraño, ruin y hasta trágico, por lo menos en lo que a mí atañía. Me ocurrieron algunos lances casi milagrosos, o así los he considerado desde entonces, aunque bien mirado y, sobre todo, a juzgar por el remolino de sucesos a que me vi arrastrado entonces, quizá ahora quepa decir solamente que no fueron del todo ordinarios. Para mí, sin embargo, lo más prodigioso fue mi propia actitud ante estas peripecias. ¡Hasta ahora no he logrado comprenderme a mí mismo! Todo ello pasó flotando como un sueño, incluso mi pasión, que fue pujante y sincera, pero... ¿qué ha sido ahora de ella? Es verdad que de vez en cuando cruza por mi mente la pregunta: "¿No estaba loco entonces? ¿No pasé todo ese tiempo en algún manicomio, donde quizá todavía estoy, hasta tal punto que todo eso me pareció que pasaba y aun ahora sólo me parece que pasó?". He recogido mis cuartillas y he vuelto a leerlas (¿quién sabe si las escribí sólo para convencerme de que no estaba en una casa de orates?). Ahora me hallo enteramente solo. Llega el otoño, amarillean las hojas. Estoy en este triste poblacho (¡oh, qué tristes son los poblachos alemanes!), y en lugar de pensar en lo que debo hacer en adelante, vivo influido por mis recientes sensaciones, por mis recuerdos aún frescos, por esa tolvanera aún no lejana que me arrebató en su giro y de la cual acabé por salir despedido.

—A veces se me antoja que todavía sigo dando vueltas en el torbellino, y que en cualquier momento la tormenta volverá a cruzar rauda, arrastrándome consigo, que perderé una vez más toda noción de orden, de medida, y que seguiré dando vueltas y vueltas y vueltas... Pero pudiera echar raíces en algún sitio y dejar de dar vueltas si, dentro de lo posible, consigo explicarme cabalmente lo ocurrido este mes. Una vez más me atrae la pluma, amén de que a veces no tengo otra cosa que hacer durante las veladas. ¡Cosa rara! Para ocuparme en algo, saco prestadas de la mísera biblioteca de aquí las novelas de Paul de Kock (¡en traducción alemana!), que casi no puedo aguantar, pero las leo y me maravillo de mí mismo: es como si temiera destruir con un libro serio o con cualquier otra ocupación digna el encanto de lo que acaba de pasar. Se diría que este sueño repulsivo, con las impresiones que ha traído consigo, me es tan amable que no permito que nada nuevo lo roce por temor a que se disipe en humo. ¿Me es tan querido todo esto? Sí, sin duda lo es. Quizá lo recordaré todavía dentro de cuarenta años... Así, pues, me pongo a escribir. Sin embargo, todo ello se puede contar ahora parcial y brevemente: no se puede, en absoluto, decir lo mismo de las impresiones...

En primer lugar, acabemos con la abuela. Al día siguiente perdió todo lo que le quedaba. No podía ser de otro modo: cuando una persona así se aventura una vez por ese camino es igual que si se deslizara en trineo desde lo alto de una montaña cubierta de nieve: va cada vez más de prisa. Estuvo jugando todo el día, hasta las ocho de la noche. Yo no presencié el juego y sólo sé lo que he oído contar a otros. Potapych pasó con ella en el Casino todo el día. Los polacos que dirigían el juego de la abuela se relevaron varias veces durante la jornada. Ella empezó mandando de paseo al polaco del día antes, al que había tirado del pelo, y tomó otro, pero éste resultó casi peor. Cuando despidió al segundo y volvió a tomar el primero –que no se había marchado sino que durante su ostracismo había seguido empujando tras la silla de ella y asomando a cada minuto la cabeza–, la abuela acabó por desesperarse del todo. El segundo polaco, a quien había despedido, tampoco quería irse por nada del mundo; uno se colocó a la derecha de la señora y otro a la izquierda. No paraban de reñir y se insultaban con motivo de las apuestas y el juego, llamándose mutuamente *laidak* y otras lindezas polacas por el estilo. Más tarde hicieron las paces, movían el dinero sin orden ni concierto y apostaban a la buena de Dios. Cuando se peleaban, cada uno hacía apuestas por su cuenta, uno, por ejemplo, al rojo y otro al negro. De esta manera acabaron por marear y sacar de quicio a la abuela, hasta que ésta, casi llorando, rogó al viejo crupier que la protegiera echándoles de allí.

En seguida, efectivamente, los expulsaron a pesar de sus gritos y protestas; ambos chillaban en coro y perjuraban que la abuela les debía dinero, que los había engañado en algo y que los había tratado indigna y vergonzosamente. El infeliz Potapych, con lágrimas en los ojos, me lo contó todo esa misma noche, después de la pérdida del dinero, y se quejaba de que los polacos se llenaban los bolsillos de dinero; decía que él mismo había visto cómo lo robaban descaradamente y se lo embolsaban a cada instante. Uno de ellos, por ejemplo, le sacaba a la abuela cinco federicos de oro por sus servicios y los ponía junto con las apuestas de la abuela. La abuela ganaba y él exclamaba que era su propia puesta la que había ganado.

Cuando los expulsaron, Potapych se adelantó y dijo que llevaban los bolsillos llenos de oro. Inmediatamente la abuela pidió al crupier que tomara las medidas pertinentes, y aunque los dos polacos se pusieron a alborotar como gallos apresados, se presentó la policía y en un dos por tres vaciaron sus bolsillos en provecho de la abuela. Ésta, hasta que lo perdió todo, gozó durante ese día de indudable prestigio entre los crupieres y los empleados del Casino. Poco a poco su fama se extendió por toda la ciudad. Todos los visitantes del balneario, de todas las naciones, la gente ordinaria lo mismo que la de más campanillas, se apiñaban para ver a *une vieille comtesse russe, tombée en enfance*, que había perdido ya "algunos millones".

La abuela, sin embargo, no sacó mucho provecho de que la rescataran de los dos polaquillos. A reemplazarlos en su servicio surgió un tercer polaco, que hablaba el ruso muy correctamente. Iba vestido como un gentleman aunque parecía un lacayo, con enormes bigotes y mucha arrogancia. También él besó "los pies de la señora" y "se puso a los pies de la señora", pero con los circunstantes se mostró altivo y se condujo despóticamente, en suma, que desde el primer momento se instaló no como sirviente, sino como amo de la abuela.

A cada instante, con cada jugada, se volvía a ella y juraba con terribles juramentos que era un "pan honorable" y que no tomaría un solo kopek del dinero de la abuela. Repetía estos juramentos tan a menudo que ella acabó por asustarse. Pero como al principio el pan pareció, en efecto, mejorar el juego de ella y empezó a ganar, la abuela misma ya no quiso deshacerse de él. Una hora más tarde los otros dos polaquillos expulsados del Casino aparecieron de nuevo tras la silla de la abuela, ofreciendo una vez más sus servicios, aunque sólo fuera para hacer mandados. Potapych juraba que el "honorable pan" cambiaba guiños con ellos y, por añadidura, les alargaba algo. Como la abuela no había comido y casi no se había movido de la silla, uno de los polacos quiso, en efecto, serle útil: corrió al comedor del Casino, que estaba allí al lado, y le trajo primero una taza de caldo y después té. En realidad, los dos no hacían más que ir y venir. Al final de la jornada, cuando ya todo el mundo veía que la abuela iba a perder hasta el último billete, había detrás de su silla hasta seis polacos, nunca antes vistos u oídos. Cuando la abuela ya perdía sus últimas monedas, no sólo dejaron de escucharla, sino que ni la tomaban en cuenta, se deslizaban junto a ella para llegar a la mesa, tomaban ellos mismos el dinero, tomaban decisiones, hacían apuestas, discutían y gritaban, charlaban con el "honorable pan" como con un compinche, y el honorable pan casi dejó de acordarse de la existencia de la abuela. Hasta cuando ésta, después de perderlo todo, volvía a las ocho de la noche al hotel, había aún tres o cuatro polacos que no se resignaban a dejarla, corriendo en torno a la silla y a ambos lados de ella, gritando a voz en cuello y perjurando en un rápido guirigay que la abuela les había engañado y debía resarcirles de algún modo.

Así llegaron hasta el mismo hotel, de donde por fin los echaron a empujones. Según cálculo de Potapych, en ese solo día había perdido su señora hasta noventa mil rublos, sin contar lo que había perdido la víspera. Todos sus billetes —todas las obligaciones de la deuda interior al cinco por ciento, todas las acciones que llevaba encima—, todo ello lo había ido cambiando sucesivamente. Yo me maravillaba de que hubiera podido aguantar esas siete u ocho horas, sentada en su silla y casi sin apartarse de la mesa, pero Potapych me dijo que en tres ocasiones empezó a ganar de veras sumas considerables, y que, deslumbrada de nuevo por la esperanza, no pudo abandonar el juego. Pero bien saben los jugadores que puede uno estar sentado jugando a las cartas casi veinticuatro horas sin mirar a su derecha o a su izquierda.

En ese mismo día, mientras tanto, ocurrieron también en nuestro hotel incidentes muy decisivos. Antes de las once de la mañana, cuando la abuela estaba todavía en casa, nuestra gente, esto es, el general y Des Grieux, habían acordado dar el último paso. Habiéndose enterado de que la abuela ya no pensaba en marcharse, sino que, por el contrario, volvía al Casino, todos ellos (salvo Polina) fueron en cónclave a verla para hablar con ella de manera definitiva y sin rodeos.

El general, trepidante y con el alma en un hilo, habida cuenta de las consecuencias tan terribles para él, llegó a sobrepasarse: al cabo de media hora de ruegos y súplicas y hasta de hacer confesión general, es decir, de admitir sus deudas y hasta su pasión por *mademoiselle* Blanche (no daba en absoluto pie con bola), el general adoptó de pronto un tono amenazador y hasta se puso a chillar a la abuela y a dar patadas en el suelo. Decía a gritos que deshonraba su nombre, que había escandalizado a toda la ciudad y por último... por último: "¡Deshonra usted el nombre ruso, señora —exclamaba— y para casos así está la policía!". La abuela lo arrojó por fin de su lado con un bastón (con un bastón de verdad).

El general y Des Grieux tuvieron una o dos consultas más esa mañana sobre si efectivamente era posible recurrir de algún modo a la policía. He aquí, decían, que una infeliz, aunque respetable anciana, víctima de la senilidad, se había jugado todo su dinero, etc., etc. En suma, ¿no se podía encontrar un medio de vigilarla o contenerla?... Pero Des Grieux se limitaba a encogerse de hombros y se reía en las barbas del general, que ya desbarraba abiertamente corriendo de un extremo al otro del gabinete. Des Grieux acabó por encogerse de hombros y escurrir el bulto. A la noche se supo que había abandonado definitivamente el hotel, después de haber tenido una conversación grave y secreta con *mademoiselle* Blanche. *Mademoiselle* Blanche, por su parte, tomó medidas definitivas a partir de esa misma mañana. Despidió sin más al general y ni siquiera le permitió que se presentara ante ella.

Cuando el general corrió a buscarla en el Casino y la encontró del brazo del príncipe, ni ella ni *madame* veuve Cominges le reconocieron. El príncipe tampoco le saludó. Todo ese día *mademoiselle* Blanche estuvo trabajando al príncipe para que éste acabara por declararse (sin ambages). Pero, ¡ay!, se equivocó cruelmente en sus cálculos. Esta pequeña catástrofe sucedió también esa noche. De pronto se descubrió que el príncipe era más pobre que Job y que, por añadidura, contaba con pedirle dinero a ella, previa firma de un pagaré, y probar fortuna a la ruleta. Blanche, indignada, le mandó a paseo y se encerró en su habitación.

En la mañana de ese mismo día fui a ver a míster Astley, o, mejor dicho, pasé toda la mañana buscando a míster Astley sin poder dar con él. No estaba en casa, ni en el Casino, ni en el parque. No comió en su hotel ese día. Eran más de las cuatro de la tarde cuando tropecé con él; volvía de la estación del ferrocarril al Hôtel d'Angleterre. Iba de prisa y estaba muy preocupado, aunque era difícil distinguir en su rostro preocupación o pesadumbre. Me alargó cordialmente la mano con su exclamación habitual: "¡Ah!", pero no detuvo el paso y continuó su camino apresuradamente. Emparejé con él, pero se las arregló de tal modo para contestarme que no tuve tiempo de preguntarle nada. Además, por no sé qué razón, me daba muchísima vergüenza hablar de Polina. Él tampoco dijo una palabra de ella. Le conté lo de la abuela, me escuchó atenta y gravemente y se encogió de hombros.

–Lo perderá todo –dije.

–Oh, sí –respondió–, porque fue a jugar cuando yo salía y después me enteré que lo había perdido todo. Si tengo tiempo iré al Casino a echar un vistazo porque se trata de un caso curioso...

–¿A dónde ha ido usted? –grité, asombrado de no haber preguntado antes.

–He estado en Francfort.

–¿Viaje de negocios?

–Sí, de negocios.

¿Qué más tenía que preguntarle? Sin embargo, seguía caminando junto a él, pero de improviso torció hacia el "Hôtel des Quatre Saisons", que estaba en el camino, me hizo una inclinación de cabeza y desapareció. Cuando regresaba a casa me di cuenta de que aun si hubiera hablado con él dos horas no habría sacado absolutamente nada en limpio porque... ¡no tenía nada que preguntarle! ¡Sí, así era yo, por supuesto! No sabía formular mis preguntas. Todo ese día lo pasó Polina errando por el parque con los niños y la niñera o recluida en casa. Hacía ya tiempo que evitaba encontrarse con el general y casi no hablaba con él de nada, por lo menos de nada serio. Yo ya había notado esto mucho antes. Pero conociendo la situación en que ahora estaba el general pensé que éste no podría dar esquinazo a Polina, es decir, que era imposible que no hubiese una importante conversación entre ellos sobre asuntos de familia.

Sin embargo, cuando al volver al hotel después de hablar con míster Astley, tropecé con Polina y los niños, el rostro de ella reflejaba la más plácida tranquilidad, como si sólo ella hubiera salido indemne de todas las broncas familiares. A mi saludo contestó con una inclinación de cabeza. Volví a casa presa de malignos sentimientos. Yo, naturalmente, había evitado hablar con ella y no la había visto (apenas) desde mi aventura con los Burmerhelm. Cierto es que a veces me había mostrado petulante y bufonesco, pero a medida que pasaba el tiempo sentía rebullir en mí verdadera indignación. Aunque no me tuviera ni pizca de cariño, me parecía que no debía pisotear así mis sentimientos ni recibir con tanto despego mis confesiones. Ella bien sabía que la amaba de verdad, y me toleraba y consentía que le hablara de mi amor. Cierto es que ello había surgido entre nosotros de modo extraño. Desde hacía ya bastante tiempo, cosa de dos meses a decir verdad, había comenzado yo a notar que quería hacerme su amigo, su confidente, y que hasta cierto punto lo había intentado; pero dicho propósito, no sé por qué motivo, no cuajó entonces; y en su lugar habían surgido las extrañas relaciones que ahora teníamos, lo que me llevó a hablar con ella como ahora lo hacía. Pero si le repugnaba mi amor, ¿por qué no me prohibía sencillamente que hablase de él? No me lo prohibía; hasta ella misma me incitaba alguna vez a hablar y... claro, lo hacía en broma. Sé de cierto –lo he notado bien– que, después de haberme escuchado hasta el fin y soliviantado hasta el colmo, le gustaba desconcertarme con alguna expresión de suprema indiferencia y desdén. Y, no obstante, sabía que no podía vivir sin ella.

Habían pasado ya tres días desde el incidente con el barón y yo ya no podía soportar nuestra separación. Cuando poco antes la encontré en el Casino, me empezó a martillar el corazón de tal modo que perdí el color. ¡Pero es que ella tampoco podía vivir sin mí! Me necesitaba, ¿pero es posible que sólo como bufón o hazmerreír? Tenía un secreto, ello era evidente. Su conversación con la abuela fue para mí una dolorosa punzada en el corazón. Mil veces la había instado a ser sincera conmigo y sabía que estaba de veras dispuesto a dar la vida por ella; y, sin embargo, siempre me tenía a raya, casi con desprecio, y en lugar del sacrificio de mi vida que le ofrecía me exigía una travesura como la de tres días antes con el barón. ¿No era esto una ignominia? ¿Era posible que todo el mundo fuese para ella ese francés? ¿Y míster Astley? Pero al llegar a este punto, el asunto se volvía absolutamente incomprensible, y mientras tanto... ¡Ay, Dios, qué sufrimiento el mío!

Cuando llegué a casa, en un acceso de furia cogí la pluma y le garrapateé estos renglones: "Polina Aleksandrovna, veo claro que ha llegado el desenlace, que, por supuesto, la afectará a usted también. Repito por última vez: ¿necesita usted mi vida o no? Si la necesita, para lo que sea, disponga de ella. Mientras tanto esperaré en mi habitación, al menos la mayor parte del tiempo, y no iré a ninguna parte. Si es necesario, escríbame o llámeme.". Sellé la nota y la envié con el camarero de servicio, con orden de que la entregara en propia mano. No esperaba respuesta, pero al cabo de tres minutos volvió el camarero con el recado de que se me mandaban "Saludos". Eran más de las seis cuando me avisaron que fuera a ver al general. Éste se hallaba en su gabinete, vestido como para ir a alguna parte. En el sofá se veían su sombrero y su bastón. Al entrar me pareció que estaba en medio de la habitación, con las piernas abiertas y la cabeza caída, hablando consigo mismo en voz alta; mas no bien me vio se arrojó sobre mí casi gritando, al punto de que involuntariamente di un paso atrás y casi eché a correr; pero me cogió de ambas manos y me llevó a tirones hacia el sofá. En él se sentó, hizo que yo me sentara en un sillón frente a él ya sin soltarme las manos, temblorosos los labios y con las pestañas brillantes de lágrimas, me dijo con voz suplicante:

—¡Aleksei Ivanovich, sálveme, sálveme, tenga piedad!

Durante algún tiempo no logré comprender nada. Él no hacía más que hablar, hablar y hablar, repitiendo sin cesar: "¡Tenga piedad, tenga piedad!". Acabé por sospechar que lo que de mí esperaba era algo así como un consejo; o, mejor aún, que, abandonado de todos, en su angustia y zozobra se había acordado de mí y me había llamado sólo para hablar, hablar, hablar. Desvariaba, o por lo menos estaba muy aturdido. juntaba las manos y parecía dispuesto a arrodillarse ante mí para que (¿lo adivinan ustedes?) fuera en seguida a ver a *mademoiselle* Blanche y le pidiera, le implorara, que volviese y se casara con él.

—Perdón, general —exclamé—, ¡pero si es posible que *mademoiselle* Blanche no se haya fijado en mí todavía! ¿Qué es lo que yo puedo hacer? Era, sin embargo, inútil objetar; no entendía lo que se le decía. Empezó a hablar también de la abuela, pero de manera muy inconexa. Seguía aferrado a la idea de llamar a la policía.

—Entre nosotros, entre nosotros —comenzó, hirviendo súbitamente de indignación—, en una palabra, entre nosotros, en un país con todos los adelantos, donde hay autoridades, hubieran puesto inmediatamente bajo tutela a viejas como ésa. Sí, señor mío, sí —continuó, adoptando de pronto un tono de reconvención, saltando de su sitio y dando vueltas por la habitación—, usted todavía no sabía esto, señor mío —dijo dirigiéndose a un imaginario señor suyo en el rincón—; pues ahora lo sabe usted... sí, señor.. en nuestro país a tales viejas se las mete en cintura, en cintura, en cintura, sí, señor... ¡Oh, qué demonio!

Y se lanzó de nuevo al sofá; pero un minuto después, casi sollozando y sin aliento, se apresuró a decirme que *mademoiselle* Blanche no se casaba con él porque en lugar de un telegrama había llegado la abuela y ahora estaba claro que no heredaría. Él creía que yo no sabía aún nada de esto. Empecé a hablar de Des Grieux; hizo un gesto con la mano: "Se ha ido. Todo lo mío lo tengo hipotecado con él: ¡me he quedado en cueros! Ese dinero que trajo usted... ese dinero... no sé cuánto era, parece que quedan setecientos francos, y... bueno, eso es todo, y en cuanto al futuro... no sé, no sé".

—¿Cómo va a pagar usted el hotel? —pregunté alarmado—; ¿y después, qué hará usted?

Me miraba pensativo, pero parecía no comprender y quizá ni siquiera me había oído. Probé a hablar de Polina Aleksandrovna, de los niños, me respondió con premura: "¡Sí, sí!", pero en seguida volvió a hablar del príncipe, a decir que Blanche se iría con él y entonces... y entonces... ¿qué voy a hacer, Aleksei Ivanovich? –preguntó, volviéndose de pronto a mí–, ¿qué voy a hacer? Dígame, ¿ha visto usted ingratitud semejante? ¿No es verdad que es ingratitud? –Por último, se disolvió en un torrente de lágrimas.

Nada cabía hacer con un hombre así. Dejarlo solo también era peligroso; podía ocurrirle algo. De todos modos, logré librarme de él, pero advertí a la niñera que fuera a verle a menudo y hablé además con el camarero de servicio, chico despierto, quien me prometió vigilar también por su parte.

Apenas dejé al general cuando vino a verme Potapych con una llamada de la abuela. Eran las ocho, y ésta acababa de regresar del Casino después de haberlo perdido todo. Fui a verla. La anciana estaba en su silla, completamente agotada y, a juzgar por las trazas, enferma. Marfa le daba una taza de té y la obligaba a bebérselo casi a la fuerza. La voz y el tono de la abuela habían cambiado notablemente.

–Dios te guarde, amigo Aleksei Ivanovich –dijo con lentitud e inclinando gravemente la cabeza–. Lamento volver a molestarte; perdona a una mujer vieja. Lo he dejado allí todo, amigo mío, casi cien mil rublos. Hiciste bien en no ir conmigo ayer. Ahora no tengo dinero, ni un ochavo. No quiero quedarme aquí un minuto más y me marcho a las nueve y media. He mandado un recado a ese inglés tuyo, Astley, ¿no es eso? y quiero pedirle prestados tres mil francos por una semana. Convéncele, pues, de que no tiene nada que temer y de que no me lo rehúse. Todavía, amigo, soy bastante rica. Tengo tres fincas rurales y dos urbanas; sin contar el dinero, pues no me lo traje todo. Digo esto para que no tenga recelo alguno... ¡Ah, aquí viene! Bien se ve que es un hombre bueno.

Míster Astley vino mi bien recibió la primera llamada de la abuela. No mostró recelo alguno y no habló mucho. Al momento le contó tres mil francos bajo pagaré que la abuela firmó. Acabado el asunto, saludó y se marchó de prisa.

—Y tú vete también ahora, Aleksei Ivanovich. Falta hora y pico y quiero acostarme, que me duelen los huesos. No seas duro conmigo, con esta vieja imbécil. En adelante no acusaré a la gente joven de liviandad, y hasta me parecería pecado acusar a ese infeliz general vuestro. Pero, con todo, no le daré dinero a pesar de sus deseos, porque en mi opinión es un necio; sólo que yo, vieja imbécil, no tengo más seso que él. Verdad es que Dios pide cuentas y castiga la soberbia incluso en la vejez. Bueno, adiós. Marfusha, levántame.

Yo, sin embargo, quería despedir a la abuela. Además, estaba un poco a la expectativa, aguardando que de un momento a otro sucediese algo. No podía parar en mi habitación. Salía al pasillo, y hasta erré un momento por la avenida. Mi carta a Polina era clara y terminante y la presente catástrofe, por supuesto, definitiva. En el hotel oí hablar de la marcha de Des Grieux. A fin de cuentas, si me rechazaba como amigo quizá no me rechazase como criado, pues me necesitaba aunque sólo fuera para hacer mandados. Le sería útil, ¡cómo no!

A la hora de la salida del tren corrí a la estación y acomodé a la abuela. Todos tomaron asiento en un compartimiento reservado. "Gracias, amigo, por tu afecto desinteresado —me dijo al despedirse— y repite a Praskovya lo que le dije ayer: que la esperaré". Fui a casa. Al pasar junto a las habitaciones del general tropecé con la niñera y pregunté por él. "Va bien, señor" —me respondió abatida—. No obstante, decidí entrar un momento, pero me detuve a la puerta del gabinete presa del mayor asombro. *Mademoiselle* Blanche y el general, a cual mejor, estaban riendo a carcajadas. *Madame* de Cominges se hallaba también allí, sentada en el sofá. El general, por lo visto, estaba loco de alegría, cotorreaba toda clase de sandeces y se deshacía en una risa larga y nerviosa que le encogía el rostro en una incontable multitud de arrugas, entre las que desaparecían los ojos. Más tarde supe por la propia *mademoiselle* Blanche que, después de mandar a paseo al príncipe y habiéndose enterado del llanto del general, decidió consolar a éste y entró a verle un momento. El pobre general no sabía que ya en ese momento estaba echada su suerte, y que Blanche había empezado a hacer las maletas para irse volando a París en el primer tren del día siguiente.

En el umbral del gabinete del general cambié de parecer y me escurrí sin ser visto. Subí a mi cuarto, abrí la puerta y en la semioscuridad noté de pronto una figura sentada en una silla, en el rincón, junto a la ventana. No se levantó cuando yo entré. Me acerqué, miré... y se me cortó el aliento: era Polina.

Capítulo XIV

Grité.

—¿Qué pasa?, ¿qué pasa? —me preguntó con la voz enrarecida. Estaba pálida y tenía un aspecto desmejorado.

—¿Cómo que qué pasa? ¿Usted? ¿Aquí? ¿En mi cuarto?

—Si vengo, vengo toda. Ésa es mi costumbre. Lo verá usted pronto. Encienda una luz.

Encendí la luz. Se levantó, se acercó a la mesa y me puso delante una carta abierta.

—Lea —me ordenó.

—Ésta... ¡ésta es la letra de Des Grieux! —exclamé tomando la carta. Me temblaban las manos y los renglones me bailaban ante los ojos. He olvidado los términos exactos de la carta, pero aquí va, si no palabra por palabra, al menos pensamiento por pensamiento. "*Mademoiselle* —escribía Des Grieux—: Circunstancias desagradables me obligan a marcharme inmediatamente Usted misma ha notado, sin duda, que he evitado adrede tener con usted una explicación definitiva mientras no se aclarasen esas circunstancias. La llegada de su anciana pariente (de *la vieille dame*) y su absurda conducta aquí han puesto fin a mis dudas. El embrollo en que se hallan mis propios asuntos me impide alimentar en el futuro las dulces esperanzas con que me permitió usted embriagarme durante algún tiempo. Lamento el pasado, pero espero que en mi comportamiento no haya usted encontrado nada indigno de un caballero y un hombre de bien. Habiendo perdido casi todo mi dinero en préstamos a su padrastro, me encuentro en la extrema necesidad de utilizar con provecho lo que me queda. Ya he hecho saber a mis amigos de Petersburgo que procedan sin demora a la venta de los bienes hipotecados a mi favor. Sabiendo, sin embargo, que el irresponsable de su tío ha malversado el propio dinero de usted, he decidido perdonarle cincuenta mil francos y a este fin le devuelvo la parte de hipoteca sobre sus bienes correspondiente a esta suma; así, pues, tiene usted ahora la posibilidad de recuperar lo que ha perdido, reclamándoselo por vía judicial. Espero, *mademoiselle*, que, tal como están ahora las cosas, este acto mío le resulte altamente beneficioso. Con él espero asimismo cumplir plenamente con el deber de un hombre honrado y un caballero. Créame que el recuerdo de usted quedará para siempre grabado en mi corazón".

–¿Bueno, y qué? Esto está perfectamente claro –dije volviéndome a Polina–. ¿Esperaba usted otra cosa? –añadí indignado.

–No esperaba nada –respondió con sosiego aparente, pero con una punta de temblor en la voz–. Hace ya tiempo que tomé una determinación. Leía sus pensamientos y supe lo que pensaba. Él pensaba que yo procuraría... que insistiría... (se detuvo, y sin terminar la frase se mordió el labio y guardó silencio). De propósito redoblé el desprecio que sentía por él –prosiguió de nuevo–, y aguardaba a ver lo que haría. Si llegaba el telegrama sobre la herencia, le hubiera tirado a la cara el dinero que le debía ese idiota (el padrastro) y le hubiera echado con cajas destempladas. Me era odioso desde hacía mucho, muchísimo tiempo. ¡Ah, no era el mismo hombre de antes, mil veces no, y ahora, ahora...! ¡Oh, con qué gusto le tiraría ahora a su cara infame esos cincuenta mil francos! ¡Cómo le escupiría y le restregaría la cara con el escupitajo!

—Pero el documento ese de la hipoteca por valor de cincuenta mil francos que ha devuelto lo tendrá el general. Tómelo y devuélvaselo a Des Grieux.

—¡Oh, no es eso, no es eso!

—¡Sí, es verdad, es verdad que no es eso! Y ahora, ¿de qué es capaz el general? ¿Y la abuela?

—¿Por qué la abuela? —preguntó Polina con irritación—. No puedo ir a ella... y no voy a pedirle perdón a nadie —agregó exasperada.

—¿Qué hacer? —exclamé—. ¿Cómo... sí, cómo puede usted querer a Des Grieux? ¡Oh, canalla, canalla! ¡Si usted lo desea, lo mato en duelo! ¿Dónde está ahora?

—Ha ido a Francfort y estará allí tres días.

—¡Basta una palabra de usted y mañana mismo voy allí en el primer tren! —dije con entusiasmo un tanto pueril. Ella se rió.

—¿Y qué? Puede que diga que se le devuelvan primero los cincuenta mil francos. ¿Y para qué batirse con él?... ¡Qué tontería!

—Bien, pero ¿dónde, dónde agenciarse esos cincuenta mil francos? —repetí rechinando los dientes, como si hubiera sido posible recoger el dinero del suelo—. Oiga, ¿y míster Astley? —pregunté dirigiéndome a ella con el chispazo de una idea peregrina. Le centellearon los ojos.

—¿Pero qué? ¿Es que tú mismo quieres que me aparte de ti para ver a ese inglés? —preguntó, fijando sus ojos en los míos con mirada penetrante y sonriendo amargamente.

Por primera vez en la vida me tuteaba. Se diría que en ese momento tenía trastornada la cabeza por la emoción que sentía. De pronto se sentó en el sofá como si estuviera agotada. Fue como si un relámpago me hubiera alcanzado. No daba crédito a mis ojos ni a mis oídos.

¿Pero qué? estaba claro que me amaba. ¡Había venido a mí y no a míster Astley! Ella, ella sola, una muchacha, había venido a mi cuarto, en un hotel, comprometiéndose con ello ante los ojos de todo el mundo...; y yo, de pie ante ella, no comprendía todavía. Una idea delirante me cruzó por la mente.

—¡Polina, dame sólo una hora! ¡Espera aquí sólo una hora, que volveré! ¡Es... es indispensable! ¡Ya verás! ¡Quédate aquí, quédate aquí!

Y salí corriendo de la habitación sin responder a su mirada inquisitiva y asombrada. Gritó algo tras de mí, pero no me volví. Sí, a veces la idea más delirante, la que parece más imposible, se le clava a uno en la cabeza con tal fuerza que acaba por juzgarla realizable... Más aún, si esa idea va unida a un deseo fuerte y apasionado acaba uno por considerarla a veces como algo fatal, necesario, predestinado, como algo que es imposible que no sea, que no ocurra. Quizá haya en ello más: una cierta combinación de presentimientos, un cierto esfuerzo poco usual de la voluntad, un autoenvenenamiento de la propia fantasía, o quizá otra cosa... no sé.

Pero esa noche (que en mi vida olvidaré) me sucedió una maravillosa aventura. Aunque puede ser justificada por la aritmética, lo cierto es que para mí sigue siendo todavía milagrosa. ¿Y por qué, por qué se arraigó en mí tan honda y fuertemente esa convicción y sigue arraigada hasta el día de hoy? Cierto es que ya he reflexionado sobre esto —repito—, no como sobre un caso entre otros (y, por lo tanto, que puede no ocurrir entre otros), sino como sobre algo que tenía que producirse irremediablemente. Eran las diez y cuarto. Entré en el casino con una firme esperanza y con una agitación como nunca había sentido hasta entonces. En las salas de juego había todavía bastante público, aunque sólo la mitad del que había habido por la mañana. Entre las diez y las once se encuentran junto a las mesas de juego los jugadores auténticos, los desesperados, los individuos para quienes el balneario existe sólo por la ruleta, que han venido sólo por ella, los que apenas se dan cuenta de lo que sucede en torno suyo ni por nada se interesan durante toda la temporada sino por jugar de la mañana a la noche y quizá jugarían de buena gana toda la noche, hasta el amanecer si fuera posible. Siempre se dispersan con enojo cuando se cierra la sala de ruleta a medianoche. Y cuando el crupier más antiguo, antes del cierre de la sala a las doce, anuncia: *Les trois derniers coups, messieurs!*, están a veces dispuestos a arriesgar en esas tres últimas posturas todo lo que tienen en los bolsillos –y, en realidad– lo pierden en la mayoría de los casos.

Yo me acerqué a la misma mesa a la que la abuela había estado sentada poco antes. No había muchas apreturas, de modo que muy pronto encontré lugar, de pie, junto a ella. Directamente frente a mí, sobre el paño verde, estaba trazada la palabra *Passe*. Este *passe* es una serie de números desde el 19 hasta el 36 inclusive. La primera serie, del 1 al 18 inclusive, se llama Manque. ¿Pero a mí qué me importaba nada de eso? No hice cálculos, ni siquiera oí en qué número había caído la última suerte, y no lo pregunté cuando empecé a jugar, como lo hubiera hecho cualquier jugador prudente. Saqué mis veinte federicos de oro y los apunté al *passe* que estaba frente a mí.

–*Vingt–deux!* –gritó el crupier.

Gané y volví a apostarlo todo: lo anterior y lo ganado.

–*Trente et un!* –anunció el crupier.

¡Había ganado otra vez! Tenía, en total, ochenta federicos de oro. Puse los ochenta a los doce números medios (triple ganancia pero dos probabilidades en contra), giró la rueda y salió el veinticuatro. Me entregaron tres paquetes de cincuenta federicos cada uno y diez monedas de oro. junto con lo anterior ascendía a doscientos federicos de oro. Estaba como febril y empujé todo el montón de dinero al rojo y de repente volví en mi acuerdo. Y sólo una vez en toda esa velada, durante toda esa partida, me sentí poseído de terror, helado de frío, sacudido por un temblor de brazos y piernas. Presentí con espanto y comprendí al momento lo que para mí significaría perder ahora. Toda mi vida dependía de esa apuesta.

–*Rouge!* –gritó el crupier–, y volví a respirar.

Ardientes estremecimientos me recorrían el cuerpo. Me pagaron en billetes de banco: en total cuatro mil florines y ochenta federicos de oro (aun en ese estado podía hacer bien mis cuentas). Recuerdo que luego volví a apostar dos mil florines a los doce números medios y perdí; aposté el oro que tenía además de los ochenta federicos de oro y perdí. Me puse furioso: tomé los últimos dos mil florines que me quedaban y los aposté a los doce primeros números al buen tuntún, a lo que cayera, sin pensar. Hubo, sin embargo, un momento de expectación parecido quizá a la impresión que me produjo *madame* Blanchard en París cuando desde un globo bajó volando a la tierra.

–*Quatre!* –gritó el banquero.

Con la apuesta anterior resultaba de nuevo un total de seis mil florines. Yo tenía ya aire de vencedor; ahora nada, lo que se dice nada, me infundía temor, y coloqué cuatro mil florines al negro. Tras de mí, otros nueve individuos apostaron también al negro. Los crupieres se miraban y cuchicheaban entre sí. En torno, la gente hablaba y esperaba. Salió el negro. Ya no recuerdo ni el número ni el orden de mis posturas. Sólo recuerdo, como en sueños, que por lo visto gané dieciséis mil florines; seguidamente perdí doce mil de ellos en tres apuestas desafortunadas. Luego puse los últimos cuatro mil a *passe* (pero ya para entonces no sentía casi nada; estaba sólo a la expectativa, se diría que mecánicamente, vacío de pensamientos) y volví a ganar, y después de ello gané cuatro veces seguidas. Me acuerdo sólo de que recogía el dinero a montones, y también que los doce números medios a que apunté salían más a menudo que los demás. Aparecían con bastante regularidad, tres o cuatro veces seguidas, luego desaparecían un par de veces para volver de nuevo tres o cuatro veces consecutivas. Esta insólita regularidad se presenta a veces en rachas, y he aquí por qué desbarran los jugadores experimentados que hacen cálculos lápiz en mano. ¡Y qué crueles son a veces en este terreno las burlas de la suerte! Pienso que no había transcurrido más de media hora desde mi llegada. De pronto el crupier me hizo saber que había ganado treinta mil florines, y que como la banca no respondía de mayor cantidad en una sola sesión se suspendería la ruleta hasta el día siguiente. Eché mano de todo mi oro, me lo metí en el bolsillo, recogí los billetes y pasé seguidamente a otra sala, donde había otra mesa de ruleta; tras mí, agolpada, se vino toda la gente. Al instante me despejaron un lugar y empecé de nuevo a apostar sin orden ni concierto.

¡No sé qué fue lo que me salvó! Pero de vez en cuando empezaba a hurgarme un conato de cautela en el cerebro. Me aferraba a ciertos números y combinaciones, pero pronto los dejaba y volvía a apuntar inconscientemente. Estaba, por lo visto, muy distraído, y recuerdo que los crupieres corrigieron mi juego más de una vez. Cometí errores groseros. Tenía las sienes bañadas en sudor y me temblaban las manos. También vinieron trotando los polacos con su oferta de servicios, pero yo no escuchaba a nadie. La suerte no me volvió la espalda. De pronto se oyó a mi alrededor un rumor sordo y risas. "¡Bravo, bravo!", gritaban todos, y algunos incluso aplaudieron. Recogí allí también treinta mil florines y la banca fue clausurada hasta el día siguiente.

—¡Váyase, váyase! —me susurró la voz de alguien a mi derecha. Era la de un judío de Francfort que había estado a mi lado todo ese tiempo y que, al parecer, me había ayudado de vez en cuando en mi juego.

—¡Váyase, por amor de Dios! —murmuró a mi izquierda otra voz. Vi en una rápida ojeada que era una señora al filo de la treintena, vestida muy modesta y decorosamente, de rostro fatigado, de palidez enfermiza, pero que aun ahora mostraba rastros de su peregrina belleza anterior. En ese momento estaba yo atiborrándome el bolsillo de billetes, arrugándolos al hacerlo, y recogía el oro que quedaba en la mesa. Al levantar el último paquete de cincuenta federicos de oro, logré ponerlo en la mano de la pálida señora sin que nadie lo notara. Sentí entonces grandísimo deseo de hacer eso, y recuerdo que sus dedos finos y delicados me apretaron fuertemente la mano en señal de viva gratitud. Todo ello sucedió en un instante. Una vez embolsado todo el dinero, me dirigí apresuradamente a la mesa de *trente et quarente.* En torno a ella estaba sentado un público aristocrático. Esto no es ruleta; son cartas. La banca responde de hasta 100.000 táleros de una vez. La postura máxima es también aquí de cuatro mil florines. Yo no sabía nada de este juego y casi no conocía las posturas, salvo el rojo y el negro, que también existen en él. A ellos me adherí. Todo el casino se agolpó en torno. No recuerdo si pensé una sola vez en Polina durante ese tiempo. Lo que sentía era un deleite irresistible de atrapar billetes de banco, de ver crecer el montón de ellos que ante mí tenía.

En realidad, era como si la suerte me empujase. En esta ocasión se produjo, como de propósito, una circunstancia que, sin embargo, se repite con alguna frecuencia en el juego. Cae, por ejemplo, la suerte en el rojo y sigue cayendo en él diez, hasta quince veces seguidas. Anteayer oí decir que el rojo había salido veintidós veces consecutivas la semana pasada, lo que no se recuerda que haya sucedido en la ruleta y de lo cual todo el mundo hablaba con asombro. Como era de esperar, todos abandonaron al momento el rojo y al cabo de diez veces, por ejemplo, casi nadie se atrevía a apostar a él. Pero ninguno de los jugadores experimentados tampoco apuesta entonces al negro. El jugador avezado sabe lo que significa esta "suerte veleidosa", a saber, que después de salir el rojo dieciséis veces, la decimoséptima saldría necesariamente el negro. A tal conclusión se lanzan casi todos los novatos, quienes doblan o triplican las posturas y pierden sumas enormes.

Ahora bien, no sé por qué extraño capricho, cuando noté que el rojo había salido siete veces seguidas, continué apostando a él. Estoy convencido de que en ello terció un tanto el amor propio: quería asombrar a los mirones con mi arrojo insensato y –¡oh, extraño sentimiento!– recuerdo con toda claridad que, efectivamente, sin provocación alguna de mi orgullo, me sentí de repente arrebatado por una terrible apetencia de riesgo. Quizá después de experimentar tantas sensaciones, mi espíritu no estaba todavía saciado, sino sólo azuzado por ellas, y exigía todavía más sensaciones, cada vez más fuertes, hasta el agotamiento final. Y, de veras que no miento: si las reglas del juego me hubieran permitido apostar cincuenta mil florines de una vez, los hubiera apostado seguramente.

En torno mío gritaban que esto era insensato, que el rojo había salido por decimocuarta vez.

–*Monsieur a gagné déjà cent mille florins* –dijo una voz junto a mí.

De pronto volví en mí. ¿Cómo? ¡Había ganado esa noche cien mil florines! ¿Qué más necesitaba? Me arrojé sobre los billetes, los metí a puñados en los bolsillos, sin contarlos, recogí todo el oro, todos los fajos de billetes, y salí corriendo del casino. En torno mío la gente reía al verme atravesar las salas con los bolsillos abultados y al ver los trompicones que me hacía dar el peso del oro. Creo que pesaba bastante más de veinte libras. Varias manos se alargaron hacia mí. Yo repartía cuanto podía coger, a puñados. Dos judíos me detuvieron a la salida.

—¡Es usted audaz! ¡Muy audaz! —me dijeron—, pero márchese sin falta mañana por la mañana, lo más temprano posible; de lo contrario lo perderá todo, pero todo...

No les hice caso. La avenida estaba oscura, tanto que me era imposible distinguir mis propias manos. Había media versta hasta el hotel. Nunca he tenido miedo a los ladrones ni a los atracadores, ni siquiera cuando era pequeño. Tampoco pensaba ahora en ellos. A decir verdad, no recuerdo en qué iba pensando durante el camino; tenía la cabeza vacía de pensamientos. Sólo sentía un enorme deleite: éxito, victoria, poderío, no sé cómo expresarlo. Pasó ante mí también la imagen de Polina. Recordé y me di plena cuenta de que iba a su encuentro, de que pronto estaría con ella, de que le contaría, le mostraría.... pero apenas recordaba ya lo que me había dicho poco antes, ni por qué yo había salido; todas esas sensaciones recientes, de hora y media antes, me parecían ahora algo sucedido tiempo atrás, algo superado, vetusto, algo que ya no recordaríamos, porque ahora todo empezaría de nuevo.

Cuando ya llegaba casi al final de la avenida me sentí de pronto sobrecogido de espanto: "¿Y si ahora me mataran y robaran?". Con cada paso mi temor se redoblaba. Iba corriendo. Pero al final de la avenida surgió de pronto nuestro hotel, rutilante de luces innumerables. ¡Gracias a Dios, estaba en casa! Subí corriendo a mi piso y abrí de golpe la puerta. Polina estaba allí, sentada en el sofá y cruzada de brazos ante una bujía encendida. Me miró con asombro y, por supuesto, mi aspecto debía de ser bastante extraño en ese momento. Me planté frente a ella y empecé a arrojar sobre la mesa todo mi montón de dinero.

Capítulo XV

Recuerdo que me miró de frente, con una fijeza terrible, pero sin moverse de su lugar para cambiar de posición.

–Gané 200.000 francos –exclamé, arrojando el último envoltorio.

La enorme masa de billetes y paquetes de monedas de oro cubría la mesa en su totalidad. Yo no podía sacar los ojos de ella. Durante algunos minutos olvidé por completo a Polina. Ora empezaba a poner orden en este cúmulo de billetes de banco juntándolos en fajos, ora ponía el oro aparte en un montón especial, ora lo dejaba todo y me ponía a pasear rápidamente por la habitación; a ratos reflexionaba, luego volvía a acercarme impulsivamente a la mesa y empezaba a contar de nuevo el dinero. De pronto, como si hubiera recobrado el juicio, me abalancé a la puerta y la cerré con dos vueltas de llave. Luego me detuve, sumido en mis reflexiones, delante de mi pequeña maleta.

–¿No convendría quizá meterlo en la maleta hasta mañana? –pregunté volviéndome a Polina, de quien me acordé de pronto. Ella seguía inmóvil en su asiento, en el mismo sitio, pero me observaba fijamente. Había algo raro en la expresión de su rostro, y esa expresión no me gustaba. No me equivoco si digo que en él se retrataba el aborrecimiento. Me acerqué de prisa a ella. —Polina, aquí tiene veinticinco mil florines, o sea, cincuenta mil francos; más todavía. Tómelos y tíreselos mañana a la cara.

No me contestó.

—Si quiere usted, yo mismo se los llevo mañana temprano. ¿Qué dice?

De pronto se echó a reír y estuvo riendo largo rato. Yo la miraba asombrado y apenado. Esa risa era muy semejante a aquella otra frecuente y sarcástica con que siempre recibía mis declaraciones más apasionadas. Cesó de reír por fin y arrugó el entrecejo. Me miraba con severidad, ceñudamente.

—No tomaré su dinero —dijo con desprecio.

—¿Cómo? ¿Qué pasa? —grité—. Polina, ¿por qué no?

—No tomo dinero de balde.

—Se lo ofrezco como amigo. Le ofrezco a usted mi vida. Me dirigió una mirada larga y escrutadora como si quisiera atravesarme con ella.

—Usted paga mucho —dijo con una sonrisa irónica—. La amante de Des Grieux no vale cincuenta mil francos.

—Polina, ¿cómo es posible que hable usted así conmigo? —exclamé en tono de reproche—. ¿Soy yo acaso Des Grieux?

—¡Le detesto a usted! ¡Sí... sí... sí... ! No le quiero a usted más que a Des Grieux —exclamó con ojos relampagueantes.

Y en ese instante se cubrió la cara con las manos y tuvo un ataque de histeria. Yo corrí a su lado. Comprendí que le había sucedido algo en mi ausencia. Parecía no estar enteramente en su juicio.

—¡Cómprame! ¿Quieres? ¿Quieres? ¿Por cincuenta mil francos como Des Grieux? —exclamaba con voz entrecortada por sollozos convulsivos. Yo la tomé en mis brazos, la besé las manos, y caí de rodillas ante ella. Se le pasó el acceso de histeria. Me puso ambas manos en los hombros y me miró con fijeza. Quería por lo visto leer algo en mi rostro. Me escuchaba, pero al parecer sin oír lo que le decía. Algo como ansiedad y preocupación se reflejaba en su semblante. Me causaba sobresalto, porque se me antojaba que de veras iba a perder el juicio. De pronto empezó a atraerme suavemente hacia sí, y una sonrisa confiada afloró a su cara; pero una vez más, inesperadamente, me apartó de sí y se puso a escudriñarme con mirada sombría. De repente se abalanzó a abrazarme.

—¿Conque me quieres? ¿Me quieres? —decía—. ¡Conque querías batirte con el barón por mí! —Y soltó una carcajada, como si de improviso se hubiera acordado de algo a la vez ridículo y simpático.

Lloraba y reía a la vez. Pero yo, ¿qué podía hacer? Yo mismo estaba como febril. Recuerdo que empezó a contarme algo, pero yo apenas pude entender nada. Aquello era una especie de delirio, de garrulidad, como si quisiera contarme cosas lo más de prisa posible, un delirio entrecortado por la risa más alegre, que acabó por atemorizarme.

—¡No, no, tú eres bueno, tú eres bueno! —repetía—. ¡Tú eres mi amigo fiel! —y volvía a ponerme las manos en los hombros, me miraba y seguía repitiendo: "Tú me quieres... me quieres... ¿me querrás?".

Yo no apartaba los ojos de ella; nunca antes había visto en ella estos arrebatos de ternura y amor. Por supuesto, era un delirio, y sin embargo... Notando mi mirada apasionada, empezó de pronto a sonreír con picardía. Inopinadamente se puso a hablar de míster Astley. Bueno, habló de míster Astley sin interrupción (sobre todo cuando trató de contarme algo de esa velada), pero no pude enterarme de lo que quería decir exactamente. Parecía incluso que se reía de él. Repetía sin cesar que la estaba esperando... ¿sabía yo que de seguro estaba ahora mismo debajo de la ventana? "¡Sí, sí, debajo de la ventana; anda, abre, mira, mira, que está ahí, ahí!". Me empujaba hacia la ventana, pero no bien hacía yo un movimiento, se derretía de risa y yo permanecía junto a ella y ella se lanzaba a abrazarme.

–¿Nos vamos? Porque nos vamos mañana, ¿no? –idea que se le metió de repente en la cabeza–. Bueno (y se puso a pensar). Bueno, pues alcanzamos a la abuela, ¿qué te parece? Creo que la alcanzaremos en Berlín. ¿Qué crees que dirá cuando nos vea? ¿Y míster Astley? Bueno, ése no se tirará desde lo alto del Schlangenberg, ¿no crees? (soltó una carcajada). Oye, ¿sabes adónde va el verano que viene? Quiere ir al Polo Norte a hacer investigaciones científicas y me invita a acompañarle, ¡ja, ja, ja! Dice que nosotros los rusos no podemos hacer nada sin los europeos y que no somos capaces de nada... ¡Pero él también es bueno! ¿Sabes que disculpa al general? Dice que si Blanche, que si la pasión..., pero no sé, no sé – repitió de pronto como perdiendo el hilo–. ¡Son pobres! ¡Qué lástima me da de ellos! Y la abuela... Pero oye, oye, ¿tú no habrías matado a Des Grieux? ¿De veras, de veras pensabas matarlo? ¡Tonto! ¿De veras podías creer que te dejaría batirte con él? Y tampoco matarás al barón –añadió, riendo–. ¡Ay, qué divertido estuviste entonces con el barón! Los estaba mirando a los dos desde el banco. ¡Y de qué mala gana fuiste cuando te mandé! ¡Cómo me reí, cómo me reí entonces! –añadió entre carcajadas.

Y otra vez me besó y me abrazó, otra vez apretó su rostro contra el mío con pasión y ternura. Yo no pensaba en nada ni nada oía. La cabeza me daba vueltas... Creo que eran las siete de la mañana, poco más o menos, cuando desperté. El sol alumbraba la habitación. Polina estaba sentada junto a mí y miraba en torno suyo de modo extraño, como si estuviera saliendo de un letargo y ordenando sus recuerdos. También ella acababa de despertar y miraba atentamente la mesa y el dinero. A mí me pesaba y dolía la cabeza. Quise coger a Polina de la mano, pero ella me rechazó y de un salto se levantó del sofá. El día naciente se anunciaba encapotado; había llovido antes del alba. Se acercó a la ventana, la abrió, asomó la cabeza y el pecho y, apoyándose en los brazos, con los codos pegados a las jambas, pasó tres minutos sin volverse hacia mí ni escuchar lo que le decía. Me pregunté con espanto qué pasaría ahora y cómo acabaría esto. De pronto se apartó de la ventana, se acercó a la mesa y, mirándome con una expresión de odio infinito con los labios temblorosos de furia, me dijo:

—¡Bien, ahora dame mis cincuenta mil francos!

—Polina, ¿otra vez? ¿otra vez? —empecé a decir. —¿O es que lo has pensado mejor? ¡ja, ja, ja! ¿Quizá ahora te arrepientes?

En la mesa había veinticinco mil florines contados ya la noche antes. Los tomé y se los di.

—¿Con que ahora son míos? ¿No es eso, no es eso? —me preguntó aviesamente con el dinero en las manos.

—¡Siempre fueron tuyos! —dije yo.

—¡Pues ahí tienes tus cincuenta mil francos! —levantó el brazo y me los tiró.

El paquete me dio un golpe cruel en la cara y el dinero se desparramó por el suelo. Hecho esto, Polina salió corriendo del cuarto. Sé, claro, que en ese momento no estaba en su juicio, aunque no comprendo esa perturbación temporal. Cierto es que aun hoy día, un mes después, sigue enferma. ¿Pero cuál fue la causa de ese estado suyo y, sobre todo, de esa salida? ¿El amor propio lastimado? ¿La desesperación por haber decidido venir a verme? ¿Acaso di muestra de jactarme de mi buena fortuna, de que, al igual que Des Grieux, quería desembarazarme de ella regalándole cincuenta mil francos? Pero no fue así; lo sé por mi propia conciencia. Pienso que su propia vanidad tuvo parte de la culpa; su vanidad la incitó a no creerme, a injuriarme, aunque quizá sólo tuviera una idea vaga de ello. En tal caso, por supuesto, yo pagué por Des Grieux y resulté responsable, aunque quizá no en demasía. Es verdad que era sólo un delirio; también es verdad que yo sabía que se hallaba en estado delirante, y no lo tomé en cuenta. Acaso no me lo pueda perdonar ahora. Sí, ahora, ¿pero entonces?, ¿y entonces? ¿Es que su enfermedad y delirio eran tan graves que había olvidado por completo lo que hacía cuando vino a verme con la carta de Des Grieux? ¡Claro que sabía lo que hacía!

A toda prisa metí los billetes y el montón de oro en la cama, lo cubrí todo y salí diez minutos después de Polina. Estaba seguro de que se había ido corriendo a casa, y yo quería acercarme sin ser notado y preguntar a la niñera en el vestíbulo por la salud de su señorita. ¡Cuál no sería mi asombro cuando me enteré por la niñera, a quien encontré en la escalera, que Polina no había vuelto todavía a casa y que la niñera misma iba a la mía a buscarla!

—Hace un momento —le dije—, hace sólo un momento que se separó de mí; hace diez minutos. ¿Dónde podrá haberse metido?

La niñera me miró con reproche. Y mientras tanto salió a relucir todo el lance, que ya circulaba por el hotel. En la conserjería y entre las gentes del Oberkellner se murmuraba que la fräulein había salido corriendo del hotel, bajo la lluvia, con dirección al Hôtel d'Angleterre. Por sus palabras y alusiones me percaté de que ya todo el mundo sabía que había pasado la noche en mi cuarto. Por otra parte, hablaban ya de toda la familia del general: se supo que éste había perdido el juicio la víspera y había estado llorando por todo el hotel. Decían, además, que la abuela era su madre, que había venido *ex professo* de Rusia para impedir que su hijo se casase con *mademoiselle*. de Cominges y que si éste desobedecía, le privaría de la herencia; y como efectivamente había desobedecido, la condesa, ante los propios ojos de su hijo, había perdido aposta todo su dinero a la ruleta para que no heredase nada. "Diesen Russen!" —repetía el Oberkellner meneando la cabeza con indignación. Otros reían. El Oberkellner preparó la cuenta. Se sabía ya lo de mis ganancias. Karl, el camarero de mi piso, fue el primero en darme la enhorabuena. Pero yo no tenía humor para atenderlos. Salí disparado para el Hôtel d'Angleterre. Era todavía temprano y míster Astley no recibía a nadie, pero cuando supo que era yo, salió al pasillo y se me puso delante, mirándome de hito en hito con sus ojos color de estaño y esperando a ver lo que yo decía. Le pregunté al instante por Polina.

—Está enferma —respondió míster Astley, quien seguía mirándome con fijeza y sin apartar de mí los ojos.

—¿De modo que está con usted?

—¡Oh, sí! Está conmigo.

—¿Así es que usted... que usted tiene la intención de retenerla consigo?

—¡Oh, sí! Tengo esa intención.

—Míster Astley, eso provocaría un escándalo; eso no puede ser. Además, está enferma de verdad. ¿No lo ha notado usted?

—¡Oh, sí! Lo he notado, y ya he dicho que está enferma. Si no lo estuviese no habría pasado la noche con usted.

—¿Conque usted también sabe eso?

—Lo sé. Ella iba a venir aquí anoche y yo iba a llevarla a casa de una pariente mía, pero como estaba enferma se equivocó y fue a casa de usted.

—¡Hay que ver! Bueno, le felicito, míster Astley. A propósito, me hace usted pensar en algo. ¿No pasó usted la noche bajo nuestra ventana? *Miss* Polina me estuvo pidiendo toda la noche que la abriera y que mirase a ver si estaba usted bajo ella, y se reía a carcajadas.

—¿De veras? No, no estuve debajo de la ventana; pero sí estuve esperando en el pasillo y dando vueltas.

–Pues es preciso ponerla en tratamiento, rníster Astley.

–¡Oh, sí! Ya he llamado al médico; y si muere, le haré a usted responsable de su muerte.

Me quedé perplejo.

–Vamos, míster Astley, ¿qué es lo que quiere usted?

–¿Es cierto que ganó usted ayer 200.000 táleros?

–Sólo 100.000 florines.

–Vaya, hombre. Se irá usted, pues, esta mañana a París.

–¿Por qué?

–Todos los rusos que tienen dinero van a París –explicó míster Astley con la voz y el tono que emplearía si lo hubiera leído en un libro.

–¿Qué haría yo en París ahora, en verano? La quiero, míster Astley, usted mismo lo sabe.

–¿De veras? Estoy convencido de que no. Además, si se queda usted aquí lo perderá probablemente todo y no tendrá con qué ir a París. Bueno, adiós. Estoy completamente seguro de que irá usted a París hoy.

–Pues bien, adiós, pero no iré a París. Piense, míster Astley, en lo que ahora será de nosotros. En una palabra, el general... y ahora esta aventura con *miss* Polina; porque lo sabrá toda la ciudad.

–Sí, toda la ciudad. Creo, sin embargo, que el general no piensa en eso y que le trae sin cuidado. Además, *miss* Polina tiene el perfecto derecho de vivir donde le plazca. En cuanto a esa familia, cabe decir que en rigor ya no existe.

Me fui, riéndome del extraño convencimiento que tenía este inglés de que me iría a París. "Con todo, quiere matarme de un tiro en duelo –pensaba– si *mademoiselle* Polina muere, ¡vaya complicación!".

Juro que sentía lástima de Polina, pero, cosa rara, desde el momento en que la víspera me acerqué a la mesa de juego y empecé a amontonar fajos de billetes, mi amor pareció desplazarse a un segundo término. Esto lo digo ahora, pero entonces no me daba cuenta cabal de ello. ¿Soy efectivamente un jugador? ¿Es que efectivamente... amaba a Polina de modo tan extraño? No, la sigo amando en este instante, bien lo sabe Dios. Cuando me separé de míster Astley y fui a casa, sufría de verdad y me culpaba a mí mismo. Pero... entonces me sucedió un lance extraño y ridículo.

Iba de prisa a ver al general cuando no lejos de sus habitaciones se abrió una puerta y alguien me llamó. Era *madame* de Cominges, y me llamaba por orden de *mademoiselle* Blanche. Entré en la habitación de ésta. Su alojamiento era exiguo, compuesto de dos habitaciones. Oí la risa y los gritos de *mademoiselle* Blanche en la alcoba. Se levantaba de la cama.

—*Ah, c'est lui! Viens donc, bête!* Es cierto que *tu as gagné une montagne d'or et d'argent? J'aimerais mieux l'or.*

—La he ganado —dije riendo.

—¿Cuánto?

—Cien mil florines.

—*Bibi, comme tu es béte.* Sí, anda, acércate, que no oigo nada. *Nous ferons bombance, n'est-cepas?*

Me acerqué a ella. Se retorcía bajo la colcha de raso color de rosa, de debajo de la cual surgían unos hombros maravillosos, morenos y robustos, de los que quizá sólo se ven en sueños, medio cubiertos por un camisón de batista guarnecido de encajes blanquísimos que iban muy bien con su cutis oscuro.

—*Mon fils, as-tu du coeur?* —gritó al verme y soltó una carcajada. Se reía siempre con mucho alborozo y a veces con sinceridad

—*Tout autre...* —empecé a decir parafraseando a Corneille.

—Pues mira, *vois-tu* —parloteó de pronto—, en primer lugar, búscame las medias y ayúdame a calzarme; y, en segundo lugar, si *tu n'es pas trop béte, je te prends à Paris.* ¿Sabes? Me voy en seguida.

—¿En seguida?

—Dentro de media hora.

En efecto, estaba hecho el equipaje. Todas las maletas y los efectos estaban listos. Se había servido el café hacía ya rato.

—¡Eh, bien! ¿quieres? *Tu verras Paris. Dis donc, qu'est-ce que c'est qu'un outchitel? Tu étais bien bête, quand tu étais outchitel!* ¿Dónde están mis medias? ¡Pónmelas, anda!

Levantó un pie verdaderamente admirable, moreno, pequeño, perfecto de forma, como lo son por lo común esos piececitos que lucen tan bien en botines. Yo, riendo, me puse a estirarle la media de seda. *Mademoiselle* Blanche mientras tanto parloteaba sentada en la cama.

—*Eh bien, que feras-tu si je te prends avec?* Para empezar, *je veux cinquante mille francs.* Me los darás en Francfort. *Nous allons à Paris.* Allí viviremos juntos *et je te ferai voir des étoiles en plein jour.* Verás mujeres como no las has visto nunca. Escucha...

—Espera, si te doy cincuenta mil francos, ¿qué es lo que me queda a mí?

—*Et cent cinquante mille francs,* ¿lo has olvidado? y, además, estoy dispuesta a vivir contigo un mes, dos meses, *que sais-je?* No cabe duda de que en dos meses nos gastaremos esos ciento cincuenta mil francos. Ya ves que *je suis bonne enfant* y que te lo digo de antemano, *mais tu verras des étoiles.*

—¿Cómo? ¿Gastarlo todo en dos meses?

—¿Y qué? ¿Te asusta eso? ¡Ah, vil *esclave!* ¿Pero no sabes que un mes de esa vida vale más que toda tu existencia? Un mes... *et après le déluge! Mais tu ne peux comprendre!* ¡Vete, vete de aquí, que no lo vales! *Aïe, que fais-tu?*

En ese momento estaba yo poniéndole la otra media, pero no pude contenerme y le besé el pie. Ella lo retiró y con la punta de él comenzó a darme en la cara. Acabó por echarme de la habitación.

—*Eh bien, mon outchitel, je t'attends, si tu veux,* ¡dentro de un cuarto de hora me voy! —gritó tras mí.

Cuando volvía a mi cuarto me sentía como mareado. Pero, al fin y al cabo, no tengo yo la culpa de que *mademoiselle* Polina me tirara todo el dinero a la cara ni de que ayer, por añadidura, prefiriera míster Astley a mí. Algunos de los billetes estaban aún desparramados por el suelo. Los recogí. En ese momento se abrió la puerta y apareció el Oberkellner (que antes ni siquiera quería mirarme) con la invitación de que, si me parecía bien, me mudara abajo, a un aposento soberbio, ocupado hasta poco antes por el conde V. Yo, de pie, reflexioné.

—¡La cuenta! —exclamé—. Me voy al instante, en diez minutos.

"Pues si ha de ser París, a París" —pensé para mis adentros. Es evidente que ello está escrito. Un cuarto de hora después estábamos, en efecto, los tres sentados en un compartimiento reservado: *mademoiselle* Blanche, *madame* de Cominges y yo. *Mademoiselle* Blanche me miraba riéndose, casi al borde de la histeria. *Madame* Cominges la secundaba; yo diré que estaba alegre. Mi vida se había partido en dos, pero ya estaba acostumbrado desde el día antes a arriesgarlo todo a una carta. Quizá, y efectivamente es cierto, ese dinero era demasiado para mí y me había trastornado. *Peut-être, je ne demandais pas mieux.* Me parecía que por algún tiempo —pero sólo por algún tiempo— había cambiado la decoración. "Ahora bien, dentro de un mes estaré aquí, y entonces... y entonces nos veremos las caras, míster Astley". No, por lo que recuerdo ahora ya entonces me sentía terriblemente triste, aunque rivalizaba con la tonta de Blanche a ver quién soltaba las mayores carcajadas.

—¿Pero qué tienes? ¡Qué bobo eres! ¡Oh, qué bobo! —chillaba Blanche, interrumpiendo su risa y riñéndome en serio—. Pues sí, pues sí, sí, nos gastaremos tus doscientos mil francos, pero... *mais tu seras heureux, comme un petit roi*; yo misma te haré el nudo de la corbata y te presentaré a Hortense. Y cuando nos gastemos todo nuestro dinero vuelves aquí y una vez más harás saltar la banca. ¿Qué te dijeron los judíos? Lo importante es la audacia, y tú la tienes, y más de una vez me llevarás dinero a París. *Quant à moi, je veux cinquante mille francs de rente et alors...*

—¿Y el general? —le pregunté.

—El general, como bien sabes, viene ahora a verme todos los días con un ramo de flores. Esta vez le he mandado a propósito a que me busque flores muy raras. Cuando vuelva el pobre, ya habrá volado el pájaro. Nos seguirá a toda prisa, ya verás. ¡Ja, ja, ja! ¡Qué contenta estaré con él! En París me será útil. Mister Astley pagará aquí por él...

Y he aquí cómo fui entonces a París.

Capítulo XVI

¿Qué diré de París? Es claro que todo fue una locura y una estupidez. En total, estuve en París algo más de tres semanas y en ese tiempo se esfumaron por completo mis cien mil francos. Y sólo hablo de cien mil; los otros cien mil se los entregué a *mademoiselle* Blanche en dinero contante y sonante: cincuenta mil en Francfort, y al cabo de tres días en París le entregué cincuenta mil más, en un pagaré, por el cual me sacó también dinero después de ocho días, *"et les cent mille francs que nous restent tu les mangeras avec moi, mon outchitel"*. Me llamaba siempre "outchitel", que significa "tutor". Es difícil imaginarse nada en este mundo más mezquino, más avaro y ruin que la clase de criaturas a que pertenecía *mademoiselle* Blanche. Pero esto en cuanto a su propio dinero. En lo tocante a mis cien mil francos, me dijo más tarde, sin rodeos que los necesitaba para su instalación inicial en París: "puesto que ahora me establezco como Dios manda y durante mucho tiempo nadie me quitará del sitio; al menos así lo tengo proyectado" –añadió. Yo, sin embargo, casi no vi esos cien mil francos. Era ella la que siempre guardaba el dinero, y en mi pequeño bolso, en la que ella misma huroneaba todos los días nunca había más de cien francos y casi siempre menos.

–¿Pero para qué necesitas dinero? –me preguntaba de vez en cuando con la mayor sinceridad; y yo no disputaba con ella. Ahora bien, con ese dinero iba amueblando y decorando su apartamento bastante bien, y cuando más tarde me condujo al nuevo domicilio me decía enseñándome las habitaciones: "Mira lo que con cálculo y gusto se puede hacer aun con los medios más míseros". Esa miseria ascendía, sin embargo, a cincuenta mil francos, ni más ni menos. Con los cincuenta mil restantes se procuró un carruaje y caballos, amén de lo cual dimos dos bailes, mejor dicho, dos veladas a las que asistieron Hortense y Lisette y Cléopátre, mujeres notables por muchos conceptos y hasta bastante guapas. En esas dos veladas me vi obligado a desempeñar el estúpido papel de anfitrión, recibir y entretener a comerciantes ricos e imbéciles, inaguantables por su ignorancia y descaro, a varios tenientes del ejército, a escritorzuelos miserables y a insectos del periodismo, que llegaban vestidos de frac muy a la moda, con guantes pajizos, y dando muestras de un orgullo y una arrogancia inconcebibles aun entre nosotros, en Petersburgo, lo que ya es decir. Se les ocurrió incluso reírse de mí, pero yo me emborraché de champaña y fui a tumbarme en un cuarto trasero. Todo esto me resultaba repugnante en alto grado. "*C'est un outchitel* –decía de mí *mademoiselle* Blanche–. *Il a gagné deux cent mille francs* y no sabría gastárselos sin mí. Más tarde volverá a ser tutor. ¿No sabe aquí nadie dónde colocarlo? Hay que hacer algo por él".

Recurrí muy a menudo al champaña porque a menudo me sentía horriblemente triste y aburrido. Vivía en un ambiente de lo más burgués, de lo más mercenario, en el que se calculaba y se llevaba cuenta de cada *sou*. Blanche no me quería mucho en los primeros quince días, cosa que noté; es verdad que me vistió con elegancia y que todos los días me hacía el nudo de la corbata, pero en su fuero interno me despreciaba cordialmente, lo cual me traía sin cuidado.

Aburrido y melancólico, empecé a frecuentar el "Château des Fleurs", donde todas las noches, con regularidad, me embriagaba y aprendía el cancán (que allí se baila con la mayor desvergüenza) y, en consecuencia, llegué a adquirir cierta fama en tal quehacer. Por fin Blanche llegó a calar mi verdadera índole; no sé por qué se había figurado que durante nuestra convivencia yo iría tras ella con papel y lápiz, apuntando todo lo que había gastado, lo que había robado y lo que aún había de gastar y robar; y, por supuesto, estaba segura de que por cada diez francos se armaría entre nosotros una trifulca. Para cada una de las embestidas mías que había imaginado de antemano tenía preparada una réplica: pero viendo que yo no embestía empezó a objetar por su cuenta. Algunas veces se arrancaba con ardor, pero al notar que yo guardaba silencio —porque lo corriente era que estuviera tumbado en el sofá mirando inmóvil el techo— acabó por sorprenderse. Al principio pensaba que yo era simplemente un mentecato, *"un outchitel"*, y se limitaba a poner fin a sus explicaciones, pensando probablemente para sí: "Pero si es tonto; no hay por qué explicarle nada, puesto que ni se entera". Entonces se iba, pero volvía diez minutos después (esto ocurría en ocasiones en que estaba haciendo los gastos más exorbitantes, gastos muy por encima de nuestros medios: por ejemplo, se deshizo de los caballos que tenía y compró otro tronco en dieciséis mil francos).

—Bueno, ¿conque no te enfadas, Bibi? —dijo acercándose a mí.

—¡No! Me fastidias —contesté apartándola de mí con el brazo. Esto le pareció tan curioso que al momento se sentó junto a mí.

—Mira, si he decidido pagar tanto es porque los vendían de lance. Se pueden revender en veinte mil francos.

—Sin duda, sin duda. Los caballos son soberbios. Ahora tienes un magnífico tronco. Te va bien. Bueno, basta.

—¿Entonces no estás enfadado?

—¿Por qué había de estarlo? Haces bien en adquirir las cosas que estimas indispensables. Todo te será de utilidad más tarde. Yo veo que, efectivamente, necesitas establecerte bien; de otro modo no llegarás a millonaria. Nuestros cien mil francos son nada más que el principio, una gota de agua en el mar.

Lo menos que Blanche esperaba de mí eran tales razonamientos en vez de gritos y reproches; para ella fue como caer del cielo.

—Pero tú... ¡hay que ver cómo eres! *Mais tu as l'esprit pour comprendre! Sais-tu, mon garçon,* aunque sólo eres un *outchitel,* deberías haber nacido príncipe. ¿Conque no lamentas que el dinero se nos acabe pronto?

—Cuanto antes, mejor.

—*Mais... sais-tu... mais dis donc,* ¿es que eres rico? *Mais, sais-tu,* desprecias el dinero demasiado. *Qu'est-ce que tu feras après, dis donc?*

—Aprés, voy a Homburg y vuelvo a ganar cien mil francos.

—*Oui, oui! c'est ça, c'est magnifique!* Y yo sé que los ganarás y que los traerás aquí. *Dis donc,* vas a hacer que te quiera. Por ser como eres te voy a querer todo este tiempo y no te seré infiel ni una sola vez. Ya ves, no te he querido hasta ahora *parce que je croyais que tu n'es qu'un outchitel (quelque chose comme un laquais, n'est-ce pas?),* pero a pesar de ello te he sido fiel, parce *que je suis bonnefille.*

—¡Anda, que mientes! ¿Es que crees que no te vi la última vez con Albert, con ese oficialito moreno?

—*Oh, Oh, mais tu es...*

—Vamos, mientes, mientes, pero ¿piensas que me enfado? Me importa un comino; *il faut que jeunesse se passe.* No debes despedirlo si fue mi predecesor y tú le quieres. Ahora bien, no le des dinero, ¿me oyes?

—¿Conque no te enfadas por eso tampoco? *Mais tu es un vrai philosophe, sais tu? Un vrai philosophe!* —exclamó con entusiasmo–. *Et, bien, je t'aimerai, je t'aimerai, tu verras, tu seras content!*

Y, en efecto, desde ese momento se mostró conmigo muy apegada, se portó hasta con afecto, y así pasaron nuestros últimos diez días. No vi las "estrellas" prometidas; pero en ciertos particulares cumplió de veras su palabra. Por añadidura, me presentó a Hortense que era, a su modo, una mujer admirable y a quien en nuestro círculo llamaban *Thérése philosophe*...

Pero no hay por qué extenderse en estos detalles; todo esto podría constituir un relato especial, con un colorido especial, que no quiero intercalar en esta historia. Lo que quiero subrayar es que deseaba con toda el alma que aquello acabara lo antes posible. Pero con nuestros cien mil francos hubo bastante, como ya he dicho, casi para un mes, lo que de veras me maravillaba. De esta suma, ochenta mil francos por lo menos los invirtió Blanche en comprarse cosas: vivimos sólo de veinte mil francos y, sin embargo, fue bastante. Blanche, que en los últimos días era ya casi sincera conmigo (por lo menos no me mentía en algunas cosas), confesó que al menos no recaerían sobre mí las deudas que se veía obligada a contraer. "No te he dado a firmar cuentas y pagarés porque me ha dado lástima de ti; pero otra lo hubiera hecho sin duda y te hubiera llevado a la cárcel. ¡Ya ves, ya ves, cómo te he querido y lo buena que soy! ¡Sólo que esa endiablada boda me costará un ojo de la cara!". Y, efectivamente, tuvimos una boda. Se celebró al final mismo de nuestro mes, y es preciso admitir que en ella se fueron los últimos residuos de mis cien mil francos. Con ello se terminó el asunto, es decir, con ello se terminó nuestro mes y pasé formalmente a la condición de jubilado.

Ello ocurrió del modo siguiente: ocho días después de instalarnos en París se presentó el general. Vino directamente a ver a Blanche y desde la primera visita casi se alojó con nosotros. Tenía, es cierto, su propio domicilio, no sé dónde. Blanche le recibió gozosamente, con carcajadas y chillidos, y hasta se precipitó a abrazarlo; la cosa llegó al punto de que ella misma era la que no le soltaba y él hubo de seguirla a todas partes: al bulevar, a los paseos en coche, al teatro y a visitar a los amigos. Para estos fines el general era todavía útil, pues tenía un porte bastante impresionante y decoroso, con su estatura relativamente elevada, sus patillas y bigote teñido (había servido en los coraceros) y su rostro agradable aunque algo adiposo. Sus modales eran impecables y vestía el frac con soltura. En París empezó a llevar sus condecoraciones. Con alguien así no sólo era posible, sino hasta recomendable, si se permite la expresión, circular por el bulevar. Por tales motivos, el bueno e inútil general estaba que no cabía en sí de gozo, porque no contaba con ello cuando vino a vernos a su llegada a París. Entonces se presentó casi temblando de miedo, creyendo que Blanche prorrumpiría en gritos y mandaría que lo echaran; y en vista del cariz diferente que habían tomado las cosas, estaba rebosante de entusiasmo y pasó todo ese mes en un estado de absurda exaltación, estado en que seguía cuando yo le dejé.

Me enteré en detalle de que después de nuestra repentina partida de Roulettenburg, le había dado esa misma mañana algo así como un ataque. Cayó al suelo sin conocimiento y durante toda la semana siguiente estuvo como loco, hablando sin cesar. Le pusieron en tratamiento, pero de repente lo dejó todo, se metió en el tren y se vino a París. Ni que decir tiene que el recibimiento que le hizo Blanche fue la mejor medicina para él, pero, a despecho de su estado alegre y exaltado, persistieron durante largo tiempo los síntomas de la enfermedad. Le era imposible razonar o incluso mantener una conversación si era un poco seria; en tal caso se limitaba a mover la cabeza y a decir "¡hum!" a cada palabra, con lo que salía del paso. Reía a menudo con risa nerviosa, enfermiza, que tenía algo de carcajada; a veces también permanecía sentado horas enteras, tétrico como la noche, frunciendo sus pobladas cejas. Por añadidura, era ya poco lo que recordaba; llegó a ser escandalosamente distraído y adquirió la costumbre de hablar consigo mismo. Blanche era la única que podía animarle; y, en realidad, los accesos de depresión y taciturnidad, cuando se acurrucaba en un rincón, significaban sólo que no había visto a Blanche en algún tiempo, que ésta había ido a algún sitio sin llevarle consigo o que se había ido sin hacerle alguna caricia. Por otra parte, ni él mismo hubiera podido decir qué quería y ni siquiera se daba cuenta de que estaba triste y decaído. Después de permanecer sentado una hora o dos (noté esto un par de veces cuando Blanche estuvo fuera todo el día, probablemente con Albert), empezaba de pronto a mirar a su alrededor, a agitarse, a aguzar la mirada, a hacer memoria, como si quisiera encontrar alguna cosa; pero al no ver a nadie y al no recordar siquiera lo que quería preguntar, volvía a caer en la distracción hasta que se presentaba Blanche, alegre, vivaracha, emperifollada, con su risa sonora, quien iba corriendo a él, se ponía a zarandearlo y hasta lo besaba, galardón, sin embargo, que raras veces le otorgaba.

En una ocasión el general llegó a tal punto en su regocijo que hasta se echó a llorar, de lo cual quedé maravillado. Tan pronto como el general apareció en París, Blanche se puso a abogar su causa ante mí. Recurrió incluso a la elocuencia; me recordaba que le había engañado por mí, que había sido casi prometida suya, que le había dado su palabra; que por ella había él abandonado a su familia y, por último, que yo había servido en casa de él y debía recordarlo; y que ¿cómo no me daba vergüenza...? Yo me limitaba a callar mientras ella hablaba como una cotorra. Por fin, solté una risotada, con lo que terminó aquello; esto es, primero me tomó por un imbécil, pero al final quedó con la impresión de que era hombre bueno y acomodaticio. En resumen, que tuve la suerte de acabar mereciendo el absoluto beneplácito de esta digna señorita (Blanche, por otra parte, era en efecto una chica excelente, claro que en su género; yo no la aprecié como tal al principio). "Eres bueno y listo —me decía hacia el final— y... y... ¡sólo lamento que seas tan pavo! ¡Nunca harás fortuna!". *"Un vrai Russe, un calmouk!"*

Algunas veces me mandaba sacar al general de paseo por las calles, ni más ni menos que como un lacayo sacaría de paseo a una galguita. Yo, por lo demás, lo llevaba al teatro, al Bal-Mabille y a los restaurantes. A este fin Blanche facilitaba el dinero, aunque el general tenía el suyo propio y gustaba de tirar de cartera en presencia de la gente. En cierta ocasión, tuve casi que recurrir a la fuerza para impedir que comprase un broche en setecientos francos, del que se prendó en el Palais Royal y que a toda costa quería regalar a Blanche. ¿Pero qué representaba para ella un broche de setecientos francos? Al general no le quedaban más que mil francos y nunca pude enterarme de cómo se los había procurado. Supongo que procedían de míster Astley, puesto que éste había pagado lo que el general debía en el hotel. En cuanto a cómo me consideraba durante todo este tiempo, creo que ni siquiera sospechaba de mis relaciones con Blanche.

Aunque había oído vagamente que yo había ganado una fortuna, probablemente suponía que en casa de Blanche yo era algo así como secretario particular o quizá sólo criado. Al menos me hablaba siempre con altivez, en tono autoritario, igual que antes, y de vez en cuando hasta me echaba una filípica. En cierta ocasión nos dio muchísimo que reír una mañana a Blanche y a mí. No era hombre susceptible al agravio, que digamos; y he aquí que de pronto se ofendió conmigo; ¿por qué?, hasta este momento sigo sin enterarme. Por supuesto que él mismo lo ignoraba. En resumen, que se puso a despotricar sin ton ni son, *à bâtons rompus*, gritaba que yo era un pilluelo, que iba a darme una lección... que me haría comprender... etcétera, etcétera. Nadie pudo entender nada. Blanche se partía de risa, hasta que por fin lograron tranquilizarle no sé cómo y lo sacaron a dar un paseo. Muchas veces noté, sin embargo, que se ponía triste, que sentía lástima de algo o de alguien, incluso cuando Blanche estaba presente.

En tal estado se puso a hablar conmigo un par de veces, aunque sin explicarse claramente, trajo a colación sus años de servicio, a su difunta esposa, sus propiedades, su hacienda. Se le ocurría una frase y se entusiasmaba con ella, y la repetía cien veces al día, aunque no correspondiera ni por asomo a sus sentimientos ni a sus ideas. Intenté hablar con él de sus hijos, pero dio esquinazo al tema con el consabido trabalenguas y pasó en seguida a otro: "¡Sí, sí! Los niños, los niños, tiene usted razón, los niños". Sólo una vez se mostró conmovido, cuando iba con nosotros al teatro: "¡Son unos niños infelices!". Y luego, durante la velada repitió varias veces las palabras "niños infelices". Una vez, cuando empecé a hablar de Polina, montó en cólera: "¡Es una desagradecida! —gritó—; ¡es mala y desagradecida! ¡Ha deshonrado a la familia! ¡Si aquí hubiera leyes, ya la ataría yo corto! ¡Sí, señor, sí!". De Des Grieux ni siquiera podía escuchar el nombre. "Me ha arruinado —decía—, me ha robado, me ha perdido! ¡Ha sido mi pesadilla durante dos años enteros! ¡Se me ha aparecido en sueños durante meses y meses! Es... es ... es... ¡Oh, no vuelva usted a hablarme de él!".

Vi que traían algo entre manos, pero guardé silencio como de costumbre. Fue Blanche la primera en explicármelo, justamente ocho días antes de separarnos. *"Il a du chance* —comenzó a decir—; la *babouchka* está ahora enferma de veras y se muere sin remedio. Míster Astley ha telegrafiado; no puedes negar que a pesar de todo es su heredero. Y aunque no lo sea, no es ningún estorbo para mí. En primer lugar, tiene su pensión, y en segundo lugar, vivirá en el cuarto de al lado y estará más contento que unas pascuas. Yo seré '*mádame la générale*'. Entraré en la buena sociedad (Blanche soñaba con esto continuamente), luego llegaré a ser, una terrateniente rusa, *j'aurai un château, des moujiks, et puis j'aùrai toujours mon million!*'.

–Bueno, pero si empieza a tener celos, preguntará... sabe Dios qué cosas, ¿entiendes?

–¡Oh, no, *non, non, non!* ¡No se atrevería! He tomado mis medidas, no te preocupes. Ya le he hecho firmar algunos pagarés en nombre de Albert. Al menor paso en falso será castigado en el acto. ¡No se atreverá!

–Bueno, cásate con él...

La boda se celebró sin especial festejo, en familia y discretamente. Entre los invitados figuraban Albert y algunos de los íntimos. Hortense, Cléopátre y las demás quedaron excluidas sin contemplaciones. El novio se interesó enormemente en su situación. La propia Blanche le anudó la corbata y le puso pomada en el pelo. Con su frac y chaleco blanco ofrecía un aspecto *trés comme ilfaut*.

–*Il est pourtant trés comme il faut* –me explicó la misma Blanche, saliendo de la habitación del general, como sorprendida de que éste fuera en efecto *trés comme il faut*. Yo, que participé en todo ello como espectador indolente, me enteré de tan pocos detalles que he olvidado mucho de lo que sucedió. Sólo recuerdo que el apellido de Blanche resultó no ser "de Cominges" –y, claro, su madre no era *madame* Cominges–, sino "du Placet". No sé por qué ambas se habían hecho pasar por de Cominges hasta entonces. Pero el general también quedó contento de ello, y hasta prefería du Placet a de Cominges. La mañana de la boda, ya enteramente vestido, se estuvo paseando de un extremo a otro de la sala, repitiendo en voz baja con seriedad e importancia nada comunes, "¡*Mademoiselle* Blanche du Placet! ¡Blanche du Placet! ¡Du Placet!". Y en su rostro brillaba cierta fatuidad. En la iglesia, en la alcaldía y en casa, donde se sirvió un refrigerio, se mostró no sólo alegre y satisfecho, sino hasta orgulloso. Algo les había ocurrido a los dos, porque también Blanche revelaba una particular dignidad.

–Es menester que ahora me conduzca de manera enteramente distinta –me dijo con seriedad poco común–, *mais vois–tu,* ¡no he pensado en una cosa horrenda! Imagínate que todavía no he podido aprender mi nuevo apellido: Zagorianski, Zagozianski, *madame* la générale de Sago–Sago, *ces diables de noms russes, en fin madame la générale à quatorze consonnes! Comme c'est agréable, n'est–ce pas?*

Por fin nos separamos, y Blanche, la tonta de Blanche, hasta derramó unas lagrimitas al despedirse de mí: "*Tu étais bon enfant* –dijo gimoteando–. *je te croyais bête et tu en avais l'air; pero eso te sienta bien*". Y al darme el último apretón de manos exclamó de pronto: *Attends!,* fue corriendo a su gabinete y volvió al cabo de un minuto para entregarme dos billetes de mil francos. ¡Nunca lo hubiera creído! "Esto te vendrá bien; quizá como outchitel seas muy listo, pero como hombre eres terriblemente tonto. Por nada del mundo te daré más de dos mil, porque los perderías al juego. ¡Bueno, adiós! Nous serons toujours bons amis, y si ganas otra vez ven a verme sin falta, et tu seras heureux!».

Me quedaban todavía quinientos francos, sin contar un magnífico reloj que valdría mil, un par de gemelos de brillantes y alguna otra cosa, con lo que podría ir tirando bastante tiempo todavía sin preocuparme de nada. Vine a instalarme de propósito en este villorio para hacer inventario de mí mismo, pero sobre todo para esperar a míster Astley. He sabido que probablemente pasará por aquí en viaje de negocios y se detendrá. Me enteraré de todo... y después... después me iré derecho a Homburg. No iré a Roulettenburg; quizá el año que viene. En efecto, dicen que es de mal agüero probar suerte dos veces seguidas en la misma mesa de juego; y en Homburg se juega en serio.

Capítulo XVII

Ya hace un año y ocho meses que no repaso estas notas, y sólo ahora, sin ganas y preso de la melancolía, con la intención de distraerme, las volví a leer casi de casualidad. Me quedé entonces en el punto en que salía para Homburg. ¡Dios mío! ¡Con qué ligereza de corazón, hablando relativamente, escribí entonces esas últimas frases! ¡Mejor dicho, no con qué ligereza, sino con qué presunción, con qué firmes esperanzas! ¿Tenía acaso alguna duda de mí mismo? ¡Y he aquí que ha pasado algo más de año y medio y, a mi modo de ver, estoy mucho peor que un mendigo! ¿Qué digo "mendigo"? ¡Nada de eso! Sencillamente, estoy perdido. Pero no hay nada con qué compararlo y no tengo por qué darme a mí mismo lecciones de moral. Nada sería más estúpido que moralizar ahora. ¡Oh, hombres satisfechos de sí mismos! ¡Con qué orgullosa jactancia se disponen esos charlatanes a recitar sus propias máximas! Si supieran cómo yo mismo comprendo lo abominable de mi situación actual, no se atreverían a darme lecciones. Porque vamos a ver, ¿qué pueden decirme que yo no sepa? ¿Y acaso se trata de eso? De lo que se trata es de que basta un giro de la rueda para que todo cambie, y de que estos moralistas –estoy seguro de ello– serán entonces los primeros en venir a felicitarme con chanzas amistosas. Y no me volverán la espalda, como lo hacen ahora. ¡Que se vayan a freír espárragos! ¿Qué soy yo ahora? Un cero a la izquierda. ¿Qué puedo ser mañana? Mañana puedo resucitar de entre los muertos y empezar a vivir de nuevo. Aún puedo, mientras viva, rescatar al hombre que va dentro de mí.

En efecto, fui entonces a Homburg; más tarde estuve otra vez en Roulettenburg, estuve también en Spa, estuve incluso en Baden, adonde fui como ayuda de cámara del Consejero Hinze, un bribón que fue mi amo aquí. Sí, también serví de lacayo ¡nada menos que cinco meses! Eso fue recién salido de la cárcel (porque estuve en la cárcel en Roulettenburg por una deuda contraída aquí. Un desconocido me sacó de ella. ¿Quién sería? ¿Míster Astley? ¿Polina? No sé, pero la deuda fue pagada, doscientos táleros en total, y fui puesto en libertad). ¿En dónde iba a meterme? Y entré al servicio de ese Hinze. Es éste un hombre joven y voluble, amante de la ociosidad, y yo sé hablar y escribir tres idiomas. Al principio entré a trabajar con él en calidad de secretario o algo por el estilo, con treinta gulden al mes, pero acabé como verdadero lacayo, porque llegó el momento en que sus medios no le permitieron tener un secretario y me rebajó el salario. Como yo no tenía adonde ir, me quedé, y de esa manera, por decisión propia, me convertí en lacayo. En su servicio no comí ni bebí lo suficiente, con lo que en cinco meses ahorré setenta gulden.

Una noche, en Baden, le dije que quería dejar su servicio, y esa misma noche me fui a la ruleta. ¡Oh, cómo me martilleaba el corazón! No, no era el dinero lo que me atraía. Lo único que entonces deseaba era que todos estos Hinze, todos estos Oberkellner, todas estas magníficas damas de Baden hablasen de mí, contasen mi historia, se asombrasen de mí, me colmaran de alabanzas y rindieran pleitesía a mis nuevas ganancias. Todo esto son quimeras y afanes pueriles, pero... ¿quién sabe?, quizá tropezaría con Polina y le contaría –y ella vería– que estoy por encima de todos estos necios reveses del destino. ¡Oh, no era el dinero lo que me tentaba! Seguro estoy de que lo hubiera despilfarrado una vez más en alguna Blanche y de que una vez más me hubiera paseado en coche por París durante tres semanas, con un tronco de mis propios caballos valorados en dieciséis mil francos; porque la verdad es que no soy avaro; antes bien, creo que soy un manirroto. Y sin embargo, ¡con qué temblor, con qué desfallecimiento del corazón escucho el grito del crupier: *trente et un, rouge, impaire et passe*, o bien: *quatre, noir, pair et manque*! ¡Con qué avidez miro la mesa de juego, cubierta de luises, federicos y táleros, las columnas de oro, el rastrillo del crupier que desmorona en montoncillos, como brasas candentes, esas columnas o los altos rimeros de monedas de plata en torno a la rueda. Todavía, cuando me acerco a la sala de juego, aunque haya dos habitaciones de por medio, casi siento un calambre al oír el tintín de las monedas desparramadas.

Esa noche en que llegué a la mesa de juego con mis setenta gulden fue también notable. Empecé con diez gulden, una vez más *enpasse*. Perdí. Me quedaban sesenta gulden en plata; reflexioné y me decidí por el cero. Comencé a apuntar al cero cinco gulden por puesta, y a la tercera salió de pronto el cero; casi desfallecí de gozo cuando me entregaron ciento setenta y cinco gulden. No había sentido tal alegría ni siquiera aquella vez que gané cien mil gulden; seguidamente aposté cien gulden al rojo, y salió; los doscientos al rojo, y salió; los cuatrocientos al negro, y salió; los ochocientos al manque, y salió; contando lo anterior hacía un total de mil setecientos gulden, ¡y en menos de cinco minutos! Sí, en tales momentos se olvidan todos los fracasos anteriores. Porque conseguí esto arriesgando más que la vida; me atreví a arriesgar... y me pude contar de nuevo entre los hombres. Tomé habitación en un hotel, me encerré en ella y estuve contando mi dinero hasta la tres de la madrugada.

A la mañana siguiente, cuando me desperté, ya no era lacayo. Decidí irme a Homburg ese mismo día; allí no había servido como lacayo ni había estado en la cárcel. Media hora antes de la salida del tren fui a hacer dos apuestas, sólo dos, y perdí centenar y medio de florines. A pesar de ello me trasladé a Homburg y hace ya un mes que estoy aquí... Vivo, ni que decir tiene, en perpetua zozobra; juego cantidades muy pequeñas y estoy a la espera de algo, hago cálculos, paso días enteros junto a la mesa de juego observándolo, hasta lo veo en sueños; y de todo esto deduzco que voy como insensibilizándome, como hundiéndome en agua estancada. Llego a esta conclusión por la impresión que me ha producido tropezar con míster Astley. No nos habíamos visto desde entonces y nos encontramos por casualidad. He aquí cómo sucedió eso. Fui a los jardines y calculé que estaba casi sin dinero pero que aún tenía cincuenta gulden, amén de que tres días antes había pagado en su totalidad la cuenta del hotel en que tengo alquilado un cuchitril. Por lo tanto, me queda la posibilidad de acudir a la ruleta, pero sólo una vez; si gano algo, podré continuar el juego; si pierdo, tendré que meterme a lacayo otra vez, a menos que se presenten en seguida algunos rusos que necesiten un tutor.

Pensando así, iba yo dando mi paseo diario por el parque y por el bosque en el principado vecino. A veces me paseaba así hasta cuatro horas y volvía a Homburg cansado y hambriento. Apenas hube pasado de los jardines al parque cuando de repente vi a míster Astley sentado en un banco. Él fue el primero en verme y me llamó a voces. Me senté junto a él. Al notar en él cierta gravedad, moderé al momento mi regocijo, pero aun así me alegré muchísimo de verle.

—¡Conque está usted aquí! Ya pensaba yo que iba a tropezar con usted —me dijo—. No se moleste en contarme nada: lo sé todo, todo. Me es conocida toda la vida de usted durante los últimos veinte meses.

—¡Bah, conque espía usted a los viejos amigos! —respondí—. Le honra a usted el hecho de que no se olvida... Pero, espere, me hace usted pensar en algo: ¿no fue usted quien me sacó de la cárcel de Roulettenburg, donde estaba preso por una deuda de doscientos gulden? Fue un desconocido quien me rescató.

—¡No, oh, no! Yo no le saqué de la cárcel de Roulettenburg, donde estaba usted por una deuda de doscientos gulden, pero sí sabía que estaba usted en la cárcel por una deuda de doscientos gulden.

—¿Quiere decir eso, sin embargo, que sabe usted quién me sacó?

—Oh no, no puedo decir que sepa quién le sacó.

—Cosa rara. No soy conocido de ninguno de nuestros rusos, y quizá aquí los rusos no rescatan a nadie. Allí en Rusia es otra cosa: los ortodoxos rescatan a los ortodoxos. Pensé que algún inglés estrambótico podría haberlo hecho por excentricidad.

Míster Astley me escuchó con cierto asombro. Por lo visto esperaba encontrarme triste y abatido.

—Me alegra mucho, de todos modos, ver que conserva plenamente su independencia espiritual y hasta su jovialidad —dijo con tono algo desagradable.

—Es decir, que está usted rabiando por dentro porque no me ve deprimido y humillado —dije yo, riendo. No comprendió al instante, pero cuando comprendió se sonrió.

—Me gustan sus observaciones. Reconozco en esas palabras a mi antiguo amigo, listo y entusiasmado al par que único. Los rusos son los únicos que pueden reconciliar en sí mismos tantas contradicciones a la vez. Es cierto; a uno le gusta ver humillado a su mejor amigo; y en gran medida la amistad se funda en la humillación. Ésta es una vieja verdad conocida de todo hombre inteligente. Pero le aseguro a usted que esta vez me alegra de veras que no haya perdido el coraje. Diga, ¿no tiene intención de abandonar el juego?

—¡Maldito sea el juego! Lo abandonaré en cuanto...

—¿En cuanto se desquite? Ya me lo figuraba; no siga... ya lo sé; lo ha dicho usted sin querer, por consiguiente ha dicho la verdad. Diga, fuera del juego, ¿no se ocupa usted en nada?

—No, en nada.

Empezó a hacerme preguntas. Yo no sabía nada, apenas había echado un vistazo a los periódicos, y durante todo ese tiempo ni siquiera había abierto un libro.

—Se ha anquilosado usted —observó—; no sólo ha renunciado a la vida, a sus intereses personales y sociales, a sus deberes como ciudadano y como hombre, a sus amigos (porque los tenía usted a pesar de todo)..., no sólo ha renunciado usted a todo propósito que no sea ganar en el juego, sino que ha renunciado incluso a sus recuerdos. Yo le recuerdo a usted en un momento ardiente y pujante de su vida, pero estoy seguro de que ha olvidado todas sus mejores impresiones de entonces. Sus ilusiones, sus ambiciones de ahora, aun las más apremiantes, no van más allá del *pair et impair, rouge, noir,* los doce números medios, etcétera, etcétera. Estoy seguro.

—Basta, míster Astley, por favor, por favor, no haga memoria —exclamé con enojo vecino al rencor—. Sepa que no he olvidado absolutamente nada, sino que por el momento he excluido todo eso de mi mente, incluso los recuerdos, hasta que mejore mi situación de modo radical. Entonces... ¡entonces ya verá usted cómo resucito de entre los muertos!

—Estará usted aquí todavía dentro de diez años —dijo—. Le apuesto que se lo recordaré a usted en este mismo banco, si vivo todavía.

—Bueno, basta —interrumpí con impaciencia—, y para demostrarle que no me he olvidado tanto del pasado, permita que le pregunte: ¿dónde está *miss* Polina? Si no fue usted quien me sacó de la cárcel sería probablemente ella. No he tenido noticia ninguna de ella desde aquel tiempo.

—¡No, oh, no! No creo que fuera ella quien le sacara. Está ahora en Suiza, y me haría usted un gran favor si dejara de preguntarme por *miss* Polina —dijo sin ambages y hasta con enfado.

—Eso quiere decir que le ha herido también a usted mucho —dije riendo involuntariamente.

—*Miss* Polina es la mejor de todas las criaturas más dignas de respeto, pero le repito que me hará un gran favor si deja de preguntarme por *miss* Polina. Usted no la conoció nunca, y considero insultante a mi sentido moral oír su nombre en labios de usted.

—¡Conque ahí estamos! Pero se equivoca usted. ¿De qué cree usted que hablaríamos, usted y yo, si no de eso? Porque en eso consisten todos nuestros recuerdos. Pero no se preocupe, que no me hace falta conocer ninguno de sus asuntos íntimos o confidenciales... Me interesan sólo, por así decirlo, las condiciones externas de *miss* Polina, sólo su situación aparente en la actualidad. Eso puede decirse en dos palabras.

—Bueno, para que todo quede concluido con esas dos palabras: *miss* Polina estuvo enferma largo tiempo; lo está todavía. Durante algún tiempo estuvo viviendo con mi madre y mi hermana en el norte de Inglaterra. Hace medio año su abuela —usted se acuerda, aquella mujer tan loca— murió y le dejó, a ella personalmente, bienes por valor de siete mil libras. En la actualidad *miss* Polina viaja en compañía de la familia de mi hermana, que ahora está casada. Su hermano y su hermana menores también llevaron su parte en el testamento de la abuela y están en colegios de Londres. El general, su padrastro, murió de apoplejía en París hace un mes. *Mademoiselle* Blanche se portó bien con él, aunque consiguió apoderarse de todo lo que le dejó la abuela .... me parece que eso es todo.

—¿Y Des Grieux? ¿No está viajando también por Suiza?

—No, Des Grieux no está viajando por Suiza, y no sé dónde está Des Grieux; por lo demás, le prevengo por última vez que desista de tales alusiones y conexiones innobles de nombres, o tendrá usted que vérselas conmigo.

—¿Cómo? ¿A pesar de nuestras relaciones amistosas de antes?

—Sí, a pesar de nuestras relaciones amistosas de antes.

—Le pido mil perdones, míster Astley, pero permítame decirle que nada injurioso o innoble hay en ello, porque de nada culpo a *miss* Polina. Amén de que un francés y una señorita rusa, hablando en términos generales, forman una conexión, míster Astley, que ni a usted ni a mí nos es dado calibrar ni entender por completo.

—Si no menciona usted el nombre de Des Grieux en relación con otro nombre, le pido que me explique qué quiere usted dar a entender con la expresión "un francés y una señorita rusa". ¿Qué conexión es ésa? ¿Por qué precisamente un francés y necesariamente una señorita rusa?

—Ya veo que se interesa usted. Pero es largo de contar, míster Astley. Habría mucho que saber de antemano. Por lo demás, es una cuestión importante, aunque parezca ridícula a primera vista. El francés, míster Astley, es una forma bella, perfecta. Usted, como británico, puede no estar conforme con este aserto; yo, como ruso, tampoco lo estoy, aunque quizá por envidia; pero nuestras damas pueden opinar de manera muy distinta. Usted puede juzgar a Racine artificial, amanerado y relamido; es probable que ni siquiera aguante su lectura. También yo lo encuentro artificial, amanerado y relamido, hasta ridículo desde cierto punto de vista; pero es delicioso, míster Astley; lo que es aún más importante, es un gran poeta, querámoslo o no usted y yo. La forma nacional del francés, es decir, del parisiense, adquirió su finura cuando nosotros éramos osos todavía. La revolución fue heredera de la aristocracia. Hoy día el francés más vulgar tiene maneras, expresiones y hasta ideas del mayor refinamiento, sin que haya contribuido a ello ni con su iniciativa, ni con su espíritu, ni con su corazón; todo ello lo tiene por herencia. En sí mismos, los franceses pueden ser fatuos e infames hasta más no poder. Bueno, míster Astley, le hago saber ahora que no hay criatura en este mundo más crédula y sincera que una mocita rusa que sea buena, juiciosa y no demasiado afectada. Des Grieux, presentándose en un papel cualquiera, presentándose enmascarado, puede conquistar su corazón con facilidad extraordinaria; posee una forma refinada, míster Astley, y la señorita creerá que esa forma es la índole real del caballero, la forma natural de su ser y su sentir, y no la tomará por un disfraz que ha adquirido por herencia. Por muy desagradable que a usted le parezca, debo confesarle que la mayoría de los ingleses son desmañados y toscos; los rusos, por su parte, saben reconocer con bastante tino la belleza y son sensibles a ella. Pero para reconocer la belleza espiritual y la originalidad de la persona se requiere mucha más independencia, mucha más libertad de la que tienen nuestras mujeres, sobre todo las jovencitas, y en todo caso más experiencia. *Miss* Polina, pues, necesitaba mucho, muchísimo tiempo para darle a usted la preferencia sobre el canalla de Des Grieux. Le estimará a usted, le dará su amistad, le abrirá su corazón, pero en él seguirá reinando ese odioso canalla, ese Des Grieux mezquino, ruin y mercenario. Y esto será incluso consecuencia, por así decirlo, de la terquedad y el orgullo, ya que este mismo Des Grieux se presentó tiempo atrás ante ella con la aureola de un marqués elegante, de un liberal desilusionado, que se había arruinado por lo visto tratando de ayudar a la familia de ella y al mentecato del general. Todas estas bribonadas salieron a la luz más tarde; pero no importa que hayan salido. Devuélvale usted ahora al Des Grieux de antes –eso es lo que necesita–. Y cuanto más detesta al Des Grieux de ahora, tanto más echa de menos al de antes, aunque el de antes existía sólo en su imaginación. ¿Es usted fabricante de azúcar, míster Astley?

–Sí, soy socio de la conocida fábrica de azúcar Lowell and Company.

–Bueno, pues ya ve, míster Astley. De un lado un fabricante de azúcar, y de otro el Apolo de Belvedere. Estas dos cosas me parece que no tienen relación entre sí. Yo ni siquiera soy fabricante de azúcar; no soy más que un insignificante jugador de ruleta y hasta he servido de lacayo, lo que seguramente conoce *miss* Polina porque al parecer tiene una policía excelente.

–Está usted furioso y por eso dice esas tonterías – comentó míster Astley con calma y en tono pensativo–. Además, lo que dice no tiene nada de original.

–De acuerdo; pero lo terrible del caso, noble amigo mío, es que todas estas acusaciones mías, por trilladas, chabacanas y grotescas que sean, son verdad. En fin, usted y yo no hemos sacado nada en limpio.

–Eso es una tontería repugnante, porque... porque... sepa usted –dijo míster Astley con voz trémula y un relámpago en los ojos–, sepa usted, hombre innoble e indigno, hombre mezquino y desgraciado, que he venido a Homburg por encargo de ella para verle a usted, para hablarle detenida y seriamente, y para dar a ella cuenta de todo, de los sentimientos de usted, de sus pensamientos, de sus esperanzas y... ¡de sus recuerdos!

–¿De veras? ¿De veras? –grité, y se me saltaron las lágrimas. No pude contenerlas, al parecer por primera vez en m vida.

—Sí, desgraciado; ella le quería a usted, y puedo revelárselo porque es usted ya un hombre perdido. Más aún, si le digo que aún ahora le quiere... pero, en fin, da lo mismo, porque usted se quedará aquí. Sí, se ha destruido usted. Usted tenía ciertas aptitudes, un carácter vivaz y era hombre bastante bueno; hasta hubiera podido ser útil a su país, que tan necesitado anda de gente útil, pero... permanecerá usted aquí y con ello acabará su vida. No le echo la culpa. En mi opinión, así son todos los rusos o así tienden a serlo. Si no es la ruleta, es otra cosa por el estilo. Las excepciones son raras. No es usted el primero que no comprende lo que es el trabajo (y no hablo del pueblo ruso). La ruleta es un juego predominantemente ruso. Hasta ahora ha sido usted honrado y ha preferido ser lacayo a robar..., pero me aterra pensar en lo que puede pasar en el futuro. ¡Bueno, basta, adiós! Supongo que necesita usted dinero. Aquí tiene diez *louis d'or*, no le doy más porque de todos modos se los jugará usted. ¡Tómelos y adiós! ¡Tómelos, vamos!

—No, míster Astley, después de todo lo que se ha dicho...

—¡Tómelos! –gritó–. Estoy convencido de que es usted todavía un hombre honrado y se los doy como un amigo puede dárselos a un amigo de verdad. Si pudiera estar seguro de que al instante dejaría de jugar, de que se iría de Homburg y volvería a su país, estaría dispuesto a darle a usted inmediatamente mil libras para que empezara una nueva carrera. Pero no le doy mil libras y sí sólo diez *louis d'or* porque a decir verdad mil libras o diez *louis d'or* vienen a ser para usted, en su situación presente, exactamente lo mismo: se las jugaría usted. Tome el dinero y adiós.

—Lo tomaré si me permite un abrazo de despedida.

—¡Oh, con gusto!

Nos abrazamos sinceramente y míster Astley se marchó. ¡No, no tiene razón! Si bien yo me mostré áspero y estúpido con respecto a Polina y Des Grieux, él se mostró áspero y estúpido con respecto a los rusos. De mí mismo no digo nada. Sin embargo... sin embargo, no se trata de eso ahora. ¡Todo eso son palabras, palabras y palabras, y lo que hace falta son hechos! ¡Ahora lo importante es Suiza! Mañana... ¡oh, si fuera posible irse de aquí mañana! Regenerarse, resucitar. Hay que demostrarles... Que Polina sepa que todavía puedo ser un hombre. Basta sólo con... ahora, claro, es tarde, pero mañana... ¡Oh, tengo un presentimiento, y no puede ser de otro modo! Tengo ahora quince luises y empecé con quince gulden. Si comenzara con cautela... ¡pero de veras, de verás que soy un pavo! ¿De veras que no me doy cuenta de que estoy perdido? Pero... ¿por qué no puedo volver a la vida? Sí, basta sólo con ser prudente y perseverante, aunque sólo sea una vez en la vida... y eso es todo. Basta sólo con mantenerse firme una sola vez en la vida y en una hora puedo cambiar todo mi destino. Firmeza de carácter, eso es lo importante. Recordar sólo lo que me ocurrió hace siete meses en Roulettenburg, antes de mis pérdidas definitivas en el juego. ¡Ah, ése fue un ejemplo notable de firmeza: lo perdí todo entonces, todo... salí del casino, me registré los bolsillos, y en el del chaleco me quedaba todavía un gulden: "¡Ah. Al menos me queda con qué comer!", pensé, pero cien pasos más adelante cambié de parecer y volví al casino. Aposté ese gulden a *manque* (esa vez fue a *manque*) y, es cierto, hay algo especial en esa sensación, cuando está uno solo, en el extranjero, lejos de su patria, de sus amigos, sin saber si va a comer ese día, y apuesta su último gulden, así como suena, el último de todos. Gané y al cabo de veinte minutos salí del casino con ciento setenta gulden en el bolsillo. ¡Así sucedió, sí! ¡Eso es lo que a veces puede significar el último gulden! ¿Y qué hubiera sido de mí si me hubiera acobardado entonces, si no me hubiera atrevido a tomar una decisión? ¡No, no, mañana...! ¡Mañana, mañana terminará todo!

Índice